Die drei !!!

Die drei !!!

KRIMI, KRABBEN und ganz viel NORDSEE

Julie Bender

KOSMOS

Umschlaggestaltung von Franziska Misselwitz unter Verwendung von Figuren von Ina Biber, Gilching
Innenillustrationen: Franziska Misselwitz

S. 13, 21, 42, 53, 55, 83, 90, 97, 121, 130, 140 (Rahmen Fun Facts) Alenka Karabanova; S. 19, 61, 133, 137 (Pfahlbauten) Shutterstock.com/aliaksei kruhlenia; S. 7, 8, 19, 20, 27, 28, 39, 40, 49, 50, 61, 62, 73, 74, 81, 82, 95, 96, 105, 106, 119, 120, 133, 134, 145, 146 (Welle Überschriften) Bonezboyz; S. 3, 27, 73, 105, 110 (Anker) Shutterstock.com/CNuisin; S. 19, 23, 39, 81, 133 (Krabbe) Shutterstock.com/erdistudio; S. 7, 49, 54, 105 (Seehund), S. 27, 61, 95, 145 (Halligen), S. 19, 39, 81, 84, 105 (Helgoland), Skyline, Leuchtturm und Cover, Shutterstock.com/SimpLine; S. 9, 23, 46, 54, 69, 84, 110, 129, 137, 147 (Rahmen Sehenswürdigkeiten) Shutterstock.com/Valentina Rusinova; S. 3, 7, 49, 73, 119, 129 (Leuchtturm und Möwe, Cover) Shutterstock.com/Yulia Buchatskaya; S. 7, 19, 27, 39, 49, 61, 73, 81, 95, 105, 119, 133, 145, Cover (Wellenhintergrund) Shutterstock.com/Zanna Pesnina

Stadtplan: KOSMOS Kartografie, Stuttgart

Unser gesamtes lieferbares Programm und viele weitere Informationen zu unseren Büchern, Spielen, Experimentierkästen, Aktivitäten, Autorinnen und Autoren findest du unter **kosmos.de**

Weitere Bände aus der Die drei !!!-Welt siehe S. 160.

MIX
Papier aus verantwortungsvollen Quellen
FSC® C014138

Gedruckt auf chlorfrei gebleichtem Papier

ISBN 978-3-440-17514-9
Redaktion: Veronika Lang, Lea Hille
Layout: Franziska Misselwitz
Satz: Sigrid Walter, Würzburg
Produktion: Verena Schmynec
Druck und Bindung: Finidr, s.r.o., Český Těšín
Printed in Czech Republic / Imprimé en République tchèque

Die drei !!!

Krimi, Krabben und ganz viel Nordsee

Willkommen an der Nordsee	8
Hochzeiten und Wattwürmer	20
Ungebetener Besuch	28
Alarm auf der Fähre	40
Unheimliche Botschaften	50
Geister im Turm	62
Eingesperrt!	74
Das Medaillon	82
Piraten und ihre Schätze	96
Die Geheimaktion	106
Neue Hinweise	120
Überführt!	134
Abschied am Strand	146

Kapitel 1

»Moin, Leute!«

HELMUT GREVENBROICH

Willkommen an der Nordsee

»Mhmm … diese Waffeln sind einfach himmlisch!« Mit ihrer Kuchengabel steckte sich Marie ein weiteres Stück des herrlich duftenden Gebäcks in den Mund.
»Echt total lecker!«, stimmte Franzi zu und schleckte mit der Zunge etwas Sahne von ihrer Oberlippe.
»Nur leider zu wenig«, seufzte Kim.
Die drei !!! hatten Sommerferien und saßen vor einem Café in Greetsiel, einem Ort an der ostfriesischen Nordseeküste. Das Café lag in einem alten Fischerhäuschen oben auf dem Deich. Von der Terrasse aus hatte man einen fantastischen Blick auf das Hafenbecken mit zahlreichen Krabbenkuttern.

Kim sah sehnsuchtsvoll auf die noch halb vollen Teller von Franzi und Marie. Sie selbst hatte ihre Waffel, die mit der in Norddeutschland typischen Roten Grütze, einer Kugel Vanilleeis und einer

großen Portion Sahne serviert worden war, bereits verdrückt.

»Hier, Kim, du kriegst meinen Schokoladenseestern!« Franzi hielt Kim ihren Teller hin, damit sie sich die süße Verzierung nehmen konnte, die auf der Sahne thronte.

»Und von mir bekommst du noch ein bisschen Waffel«, entschied Marie und teilte den Rest auf ihrem Teller in zwei Hälften. Als sie eine davon zu Kim rüberschob, achtete sie darauf, dass auch noch etwas von dem Vanilleeis und der Sahne auf dem Teller ihrer Freundin landete.

1. Hafen Greetsiel

Vom Hafen in Greetsiel aus sticht mit etwa 25 Schiffen die größte deutsche Krabbenkutterflotte in See. Der Ort besticht außerdem durch malerische Giebelhäuser und hübsche enge Gassen. Bei den Zwillingsmühlen am Ortsrand handelt es sich um zwei 300 Jahre alte Windmühlen.

Kim strahlte. »Ihr seid einfach die Besten!«, rief sie. »Mit euch Urlaub zu machen ist superspitzenmegatoll!« Dann machte sie sich genüsslich über ihre unverhoffte Extraportion her.

»Besonders, weil wir dieses Mal das Filmteam eines geplanten Krimi-Mehrteilers an verschiedene Drehorte begleiten dürfen«, sagte Marie. »Die Dreharbeiten zu *Alarm im Watt – Die Nordseepolizei* werden bestimmt total spannend!«

»Und die acht Tage an der Küste ebenfalls!«, meinte Franzi.

»Einen berühmten Schauspieler als Vater zu haben, hat eben durchaus seine Vorteile!« Grinsend strich sich Marie eine blonde Haarsträhne aus dem Gesicht.

»Und für ihn ist es toll, dass er dich mehr als eine Woche lang um sich hat«, stellte Kim fest. »Auf diese Weise wird er nur Tessa und Finn vermissen, aber nicht dich.«

»Es ist echt nett von deinem Vater, dass er uns kleine Rollen in dem Krimi besorgt hat«, meinte Franzi. »Ich freue mich schon darauf, auch wenn Kim und ich nur ein paar Sätze sagen.«

»Marie hat ja schon viel mehr Schauspielerfahrung als wir«, sagte Kim. »Da ist es kein Wunder, dass sie die Tochter des Kommissars spielen darf.«

Marie winkte ab, merkte aber, dass sie vor Freude ein bisschen rot wurde. »Macht bloß nicht so 'ne große Sache daraus«, sagte sie. »Schließlich bin ich, genauso wie ihr, nur an zwei Drehtagen dran.«
»Kim Jülich, Franzi Winkler und Marie Grevenbroich – die drei herausragendsten Nachwuchstalente der gesamten Schauspiel-Welt!«, witzelte Franzi.
»Wie ihr wisst, könnte ich mir tatsächlich vorstellen, Schauspielerin zu werden«, erklärte Marie.
»Wollen wir weiter dem heutigen Dreh zusehen?«, fragte Franzi. Sie zeigte runter zum Hafenkai, wo gerade die nächste Szene vorbereitet wurde. Etwas weiter hinten, in Richtung des kleinen Jachthafens, wurde der Kai breiter. Hier hatte das Filmteam seine Fahrzeuge aufgebaut. Neben den Wagen für die Technik und dem Bus, mit dem das Filmteam von Drehort zu Drehort gebracht wurde, gehörten auch zwei Wohnmobile dazu. Sie dienten als Garderobe und Aufenthaltsmöglichkeit für die beiden Hauptdarsteller Helmut Grevenbroich und Gloria von Glitterbach. Gloria stand auf ihren Wunsch hin außerdem ein brandneues Cabriolet zur Verfügung.
»Dafür, dass Gloria noch ziemlich jung ist, hat sie schon recht viele Sonderwünsche«, meinte Kim, als die drei !!! die Treppe am Deich hinuntergingen.

»Warum hat die Produktionsfirma denn nicht auch für deinen Vater einen eigenen Wagen besorgt?«, wollte Franzi von Marie wissen.

»Das wollten sie ursprünglich sogar«, antwortete Marie. »Aber mein Vater hat darauf verzichtet. Er hat gerne Gesellschaft und reist deshalb lieber mit dem restlichen Filmteam im Bus. Und überhaupt ist er auch sonst nicht halb so exzentrisch wie Gloria von Glitterbach.«

»Die ist in den letzten Jahren immer bekannter geworden«, meinte Franzi. »Sie soll ziemlich ehrgeizig sein.«

»Nur ehrgeizig zu sein genügt beim Film nicht«, erklärte Marie und hob für ihre Freundinnen das Flatterband hoch, mit dem das Set abgesperrt war. »Man muss auch wirklich etwas auf dem Kasten haben!«

»Geht mal bitte ein Stück zur Seite, Mädels! Ihr steht hier leider im Weg.« Gunnar, der Produktionsassistent, lief auf dem Hafenkai herum, um noch schnell ein Kabel zu verlegen. Er trug eine Baseballkappe, auf der ursprünglich »I love Greetsiel« gestanden hatte. Gunnar jedoch hatte das Wort ›Greetsiel‹ mit einem dicken schwarzen Filzstift durchgestrichen und durch ›Gloria‹ ersetzt.

Fun Fact

In Afrika leben die »Big Five«, als Gegenstück dazu gibt es im Wattenmeer die »Small Five«: Wattwurm, Herzmuschel, Strandkrabbe, Wattschnecke und Nordseegarnele.

Marie unterdrückte ein Kichern. »Wir haben ja auf der Busfahrt hierher schon mitgekriegt, dass Gunnar ein großer Fan von Gloria ist«, raunte sie Kim und Franzi zu. »Aber das ist jetzt wirklich ein bisschen drüber, oder?«

Tom Behrmann, der Regisseur, gab Helmut Grevenbroich und Gloria von Glitterbach letzte Anweisungen. Die beiden Hauptdarsteller standen vor einem Krabbenkutter, dessen hochgezogene Krabbennetze eine malerische Kulisse für die Filmaufnahmen abgaben.

Die drei !!! setzten sich auf eine niedrige Mauer unten am Deich.

»Sag mal, Marie«, begann Kim, »kann es sein, dass diese Gloria deinen Vater ganz schön anhimmelt? Oder gehört das schon zur Rolle?« Stirnrunzelnd betrachtete sie Gloria, die etwas zu laut über einen Scherz lachte, den Helmut Grevenbroich gerade erzählt hatte, und dabei schwärmerisch zu ihm aufblickte.

Ihre hübschen braunen Haare, die in weichen Wellen ihr Gesicht einrahmten, strich sie dabei mit einer geübten Handbewegung beiseite.

Marie betrachtete die beiden ebenfalls. »Ja, sieht so aus«, bestätigte sie. »Aber damit ist sie nur eine von vielen. Mein Vater hat eine Menge Verehrerinnen. Ihr solltet mal die Berge von Fanpost sehen, die jeden Tag für ihn eintrudeln!«

»Achtung, Ruhe jetzt!« Tom Behrmann ging zu seinem Regiestuhl. »Wir beginnen mit der nächsten Szene!«

»Wartet mal!« Sventje, eine der beiden Kamerafrauen, hob die Hand. Sie stand ganz in der Nähe der drei !!!. »Ich habe ein Problem mit meiner Steadicam.«

»Was ist denn damit?«, fragte Kim interessiert und hüpfte von der Mauer.

»Die Schwenkfunktion ist ausgefallen«, erklärte Sventje. »Normalerweise kriege ich so etwas selbst in den Griff, aber dieses Mal brauche ich wahrscheinlich Gunnar dazu. Der besitzt ein gutes Händchen für alles, was mit Technik zu tun hat.« Sventje sah sich suchend um. »Wo steckt er denn überhaupt? Eigentlich sollte er bei den Dreharbeiten durchgehend anwesend sein.«

»Wir gucken mal, wo er ist!«, rief Marie hilfsbereit. Franzi und sie sprangen ebenfalls von der Mauer und zogen Kim am Ärmel.

»Super, danke«, rief Sventje und beschäftigte sich wieder mit ihrer Kamera.

»Aber beeilt euch!«, rief Tom Behrmann ihnen hinterher. »Damit es hier weitergehen kann.«

Die drei !!! liefen zu den Wagen. Dazu mussten sie sich ihren Weg durch Scheinwerfer, Leuchtstative, Kabelrollen und sonstiges Zubehör des Filmteams bahnen.

»Die Wohnmobil-Garderoben von Gloria und meinem Vater stehen hinter den anderen Wagen«, erklärte Marie. »Damit sie vor neugierigen Zuschauern ein bisschen abgeschirmt sind.«

Tatsächlich hatten sich am Set mittlerweile eine ganze Menge Menschen eingefunden. Sie drängten sich am Flatterband, um den beiden berühmten Schauspielern bei den Dreharbeiten zusehen zu können.

Die drei !!! hörten, wie Maries Vater den Zuschauern ein gut gelauntes »*Moin*, Leute!« zurief.

»Offenbar übt dein Vater schon für seine Rolle als Hauptkommissar Jan Nielsen!«, lachte Franzi.

Marie verdrehte die Augen. »Während der letzten

Wochen hat er zu Hause schon die ganze Zeit norddeutsche Ausdrücke gelernt«, erzählte sie.
Als die drei !!! um einen der Technik-Lkws herumliefen, blieb Marie plötzlich so abrupt stehen, dass Kim und Franzi in sie hineinliefen.
»Was …?«, begann Kim, verstummte aber sofort, als sie sah, weshalb Marie so plötzlich gestoppt hatte: Bei Glorias Wohnmobil-Garderobe stand Gunnar und presste seine Nase ans hintere Fenster. Die Augen hatte er rechts und links mit den Händen abgeschirmt, um besser sehen zu können. Seine Kappe hatte er sich dazu verkehrt herum aufgesetzt.
Nebeneinander gingen die drei Detektivinnen auf den Produktionsassistenten zu.
»Hey, was machst du denn da?«, sprach Franzi ihn an.
Gunnar fuhr herum. »Ich … äh …«, stammelte er, und sein blasses Gesicht bekam dabei zartrosa Flecken. »Ich habe nachgesehen, ob in Glorias Wohnmobil alles okay ist«, brachte er dann hervor und stützte sich mit der Hand an der großen Scheibe ab.
»Was sollte denn darin nicht okay sein?«, wollte Marie wissen und verschränkte die Arme.
»Na ja«, meinte Gunnar und kratzte sich am Kopf. »Gloria ist ja schon ziemlich berühmt – natürlich

nicht so berühmt wie dein Vater, Marie!« Er drehte seine Kappe wieder richtig herum. »Aber doch schon so berühmt, dass man zwischendurch besser mal ein Auge auf alles hat. Es soll ja Fans geben, die ein bisschen zu aufdringlich sind.«

So wie du, dachte Marie.

»Ein Auge auf alles?«, wiederholte Kim. »Hat Gloria dich denn darum gebeten?«

Die Flecken in Gunnars Gesicht nahmen jetzt die Farbe von Roter Grütze an. »Äh ... also ... nicht direkt«, stotterte er. »Aber ich habe gehört, dass Gloria aus einer ziemlich reichen Familie stammen soll. Da findet sie es bestimmt gut, wenn ich auf ihre Sachen aufpasse.«

»Na, wenn du meinst«, sagte Franzi und zuckte die Schultern.

»Du sollst übrigens zu Sventje kommen«, sagte Kim. »Sie hat ein Problem mit ihrer Kamera.«

Offensichtlich froh darüber, das Weite suchen zu können, flitzte Gunnar davon.

»Kauft ihr ihm ab, dass er mit seinem Geschnüffel Gloria einen Gefallen tun will?« Kim sah dem Produktionsassistenten skeptisch hinterher.

»Ich nicht«, antwortete Franzi. »Für mich sah das klar nach Spionieren aus.«

»Kann aber auch sein, dass er auf irgendetwas scharf ist, das Gloria in ihrem Wohnmobil hat«, überlegte Marie. »Mein Vater hat ebenfalls erzählt, dass sie aus einer reichen Familie stammt.«
Kim stieß einen leisen Pfiff aus. »Du meinst, sie hat vielleicht irgendwelche Kostbarkeiten in ihrem WoMo herumliegen?«, fragte sie.
»Wer weiß«, erwiderte Marie. »Auf jeden Fall sollten wir Gunnar im Laufe der nächsten Tage ein wenig auf die Finger gucken!«
»Apropos *Finger.*« Franzi zeigte auf das Fenster, an dem sich der Produktionsassistent abgestützt hatte. »Was haltet ihr davon, wenn wir gleich mal seine Abdrücke sichern?«
»Gute Idee, Franzi!« Kim zückte bereits das Fingerabdruck-Set, das zur Grundausrüstung des Detektivclubs gehörte.
Marie grinste. »Netterweise hat er uns ja gleich den Abdruck von allen fünf Fingern seiner rechten Hand dagelassen.«

Kapitel 2

»Im Watt kann man eine Menge Tiere finden.«

ARJEN

Hochzeiten und Wattwürmer

Kim, Franzi und Marie sahen noch eine Weile den Dreharbeiten am Greetsieler Hafenkai zu. Dann liehen sie sich drei der Fahrräder, die das Filmteam auf seiner Tour ebenfalls mitführte, und radelten zum nahe gelegenen Pilsumer Leuchtturm.

Der gelb-rot gestreifte Turm war zwar nur elf Meter hoch, thronte aber direkt am Deich, sodass die Mädchen ihn schon von Weitem erkennen konnten. An ihrem Ziel angekommen, stellten sie ihre Räder ab.

»Der ist ja wirklich süß!«, rief Marie entzückt.

»Schade, dass wir jetzt nicht hineinkönnen«, sagte Kim, die eine neben dem Eingang aufgestellte Tafel studierte. »Drinnen findet gerade eine Hochzeit statt.«

»Seht mal, wie viele Schlösser hier hängen!« Franzi bestaunte ein hinter dem Turm aufgestelltes Gitter, an dem sich hunderte von bunten Vorhängeschlössern dicht an dicht aneinanderreihten. »Hier steht,

dass frisch verheiratete Paare damit die ›Ewigkeit ihrer Liebe‹ besiegeln können.«
In diesem Augenblick öffnete sich die Tür des Leuchtturms und das Brautpaar kam heraus, begleitet von einer Handvoll Hochzeitsgäste.
»Das erinnert mich an die Hochzeit meines Vaters mit Tessa«, erklärte Marie. »Der Tag war total schön!« Dann hüpfte sie die Treppe hinauf, die vom Leuchtturm bis zur Deichkrone führte. »Es ist gerade Ebbe«, sagte sie.
Kim und Franzi stellten sich neben Marie und blickten über die Wattfläche. In der Ferne konnten sie die niederländische Stadt Eemshaven und einen Offshore-Windpark sehen.
»Ich habe gelesen, dass Ebbe und Flut immer in einem Rhythmus von genau sechs Stunden und zwölf Minuten wechseln«, erzählte Kim.
»Das stimmt«, sagte ein junger Mann, der von der Seeseite aus zu den drei !!! hinaufgestapft kam. Er trug grüne Gummistiefel, eine Hose mit sehr vielen

Fun Fact

Der Pilsumer Leuchtturm ist nur 11 Meter hoch und angemalt wie eine rot-gelb gestreifte Ringelsocke.

Taschen und ein schlichtes weißes T-Shirt. Die große Plastikbox, die er den Deich hochschleppte, war sorgfältig mit einem Deckel verschlossen. Mit einem kleinen Schnaufer stellte er die Box auf den Deich.
»Genießt ihr den weiten Blick?«, fragte er und stellte einen Fuß auf seine Kiste. »Ich heiße übrigens Arjen.«
»Kim.« »Franzi.« »Marie«, stellten sich die drei !!! nacheinander vor.
»Nett, euch kennenzulernen«, sagte Arjen. »Ihr kommt nicht von hier, oder?«
»Nein, wir begleiten ein Filmteam bei den Dreharbeiten zu einem Krimi-Mehrteiler«, antwortete Franzi.
»Maries Vater ist Helmut Grevenbroich«, ergänzte Kim.
»Helmut Grevenbroich?« Arjen sah etwas ratlos aus.
»Er spielt den Hauptkommissar Brockmeier in der Krimiserie *Vorstadtwache*«, klärte Marie ihn auf.
»Hab noch nie von ihm gehört.« Arjen zuckte die Schultern. »Sorry, aber ich gucke nicht viele Serien und Filme. Das interessiert mich nicht so.«
»Was machst du denn stattdessen?«, wollte Kim wissen.

2. Weltnaturerbe Wattenmeer

Wegen seiner Einzigartigkeit und Artenvielfalt wurde das Wattenmeer an den südöstlichen Küsten der Nordsee zum Unesco-Weltnaturerbe ernannt. Das Wattenmeer steht also auf einer Stufe mit Naturwundern wie dem Grand Canyon oder dem Great Barrier Reef.

»Ich bin Meeresbiologe, und momentan reise ich an der deutschen Nordseeküste entlang, um für meine Doktorarbeit zu forschen.« Arjen fuhr sich mit der Hand über die verschwitzte Stirn. »Während der letzten zwei Stunden habe ich da vorne den Boden nach Organismen durchwühlt.« Er zeigte auf die feucht schimmernde Fläche vor dem Deich. »Im Watt kann man nämlich eine Menge Tiere finden.«

»Tiere?«, hakte Marie nach und sah skeptisch zum schlickigen Watt hinüber.

»Ich weiß, dass es auf den ersten Blick sehr leer aussieht«, sagte Arjen und lächelte Marie gewinnend an. »Aber das dort ist ganz besonderer Matsch, und zwar das *Weltnaturerbe Wattenmeer*. Ein Kubikmeter davon enthält fast genauso viel Biomasse wie der Boden des Regenwalds.«

Franzi merkte interessiert auf. »Mit ›Biomasse‹ meinst du Lebewesen?«, fragte sie.

»Genau«, bestätigte Arjen. »Manche davon sammle ich ein, um sie später in meinem Campingbus zu untersuchen. In dem habe ich mir eine Art kleines Labor eingerichtet.« Er nahm den Fuß von der Box. »Wollt ihr mal sehen, was ich heute alles gesammelt habe?«

»Au ja!«, rief Franzi begeistert, während Arjen bereits den Deckel öffnete.

Kims und Maries Interesse hielt sich dagegen in Grenzen. Sie kannten ihre Freundin gut und fürchteten, dass sich Franzi jetzt eine Ewigkeit mit Arjen über den Stoffwechsel der Wattwürmer oder das Liebesleben von Seepocken unterhalten würde.

Marie warf einen kurzen Blick auf das Sammelsurium von unterschiedlich großen Dosen und wasserdichten Behältern, mit denen die Kunststoffkiste gefüllt war. Dann sah sie auf die Uhr an ihrem Handgelenk. »Ich fürchte, wir müssen demnächst

los«, meinte sie. »In einer Stunde sind wir mit meinem Vater und Gloria zum Abendessen verabredet.«
»Na und?« Franzi, die sich neben die Box gehockt hatte und konzentriert Arjens Erklärungen zu den einzelnen Tierchen darin lauschte, blickte auf. »Für den Rückweg brauchen wir doch höchstens eine halbe Stunde. Außerdem wissen wir ja gar nicht, ob sie mit dem Dreh rechtzeitig fertig geworden sind. Wegen Sventjes Kamera, meine ich.«
»Ich möchte vor dem Abendessen aber noch in Ruhe duschen und mich fertig machen«, erwiderte Marie unruhig.
Mit einem leisen Seufzer erhob sich ihre Freundin. Kim und Franzi wussten, dass Marie ihr Aussehen sehr wichtig war, und akzeptierten es beide.
»Okay, dann lasst uns aber wenigstens noch kurz in den Turm gucken«, sagte Kim.
»Da die Hochzeitsgesellschaft schon abgedampft ist, dürfte der jetzt wieder geschlossen sein«, meinte Arjen bedauernd und drückte den Deckel seiner Box fest zu. »Im Internet habe ich gelesen, dass es auch Führungen gibt«, fügte er hinzu. »Aber die nächste findet erst morgen Vormittag um elf statt.«
»Um die Zeit sind wir bereits auf dem Weg zur Insel

Wangerooge«, erklärte Franzi. »Unsere Fähre fährt um neun Uhr dreißig.«
»So ein Zufall!«, rief Arjen. »Für die habe ich auch ein Ticket gebucht!«
»Dann sehen wir uns morgen, und ihr zwei könnt euer Gespräch über Würmer, Krabben und andere niedliche Wattbewohner fortsetzen«, frotzelte Marie.
»Wenn ihr wollt«, erwiderte Arjen, »kann ich euch auf dem Schiff auch etwas über Strand- und andere Piraten erzählen, deren Geister hier an der Küste angeblich ihr Unwesen treiben!« Der junge Meeresbiologe verzog das Gesicht zu einer gruseligen Grimasse.
»Das klingt schon besser«, freute sich Kim.
Auch Franzi und Marie horchten auf. Für gute Abenteuergeschichten waren die drei !!! immer zu haben.

Kapitel 3

»Ich kenne drei ausgezeichnete Detektivinnen!«

HELMUT GREVENBROICH

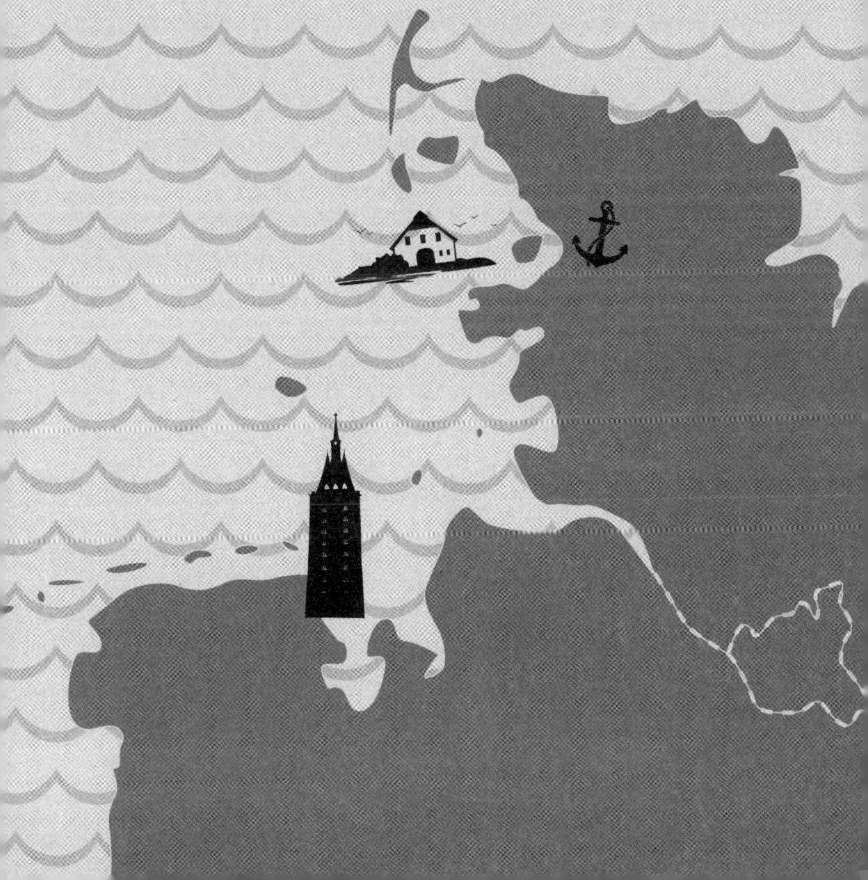

Ungebetener Besuch

Etwas mehr als eine Stunde später schlenderten die drei !!! zusammen mit Gloria und Maries Vater von ihrem Hotel aus zum Greetsieler Ortskern. Mit dem Dreh war das Team trotz der defekten Kamera einigermaßen pünktlich fertig geworden.

»Ich habe einen Tisch für uns reserviert«, erklärte Helmut Grevenbroich. »Bei diesem schönen Wetter können wir bestimmt draußen sitzen.«

Das Restaurant lag an einem Platz direkt neben der Gracht, dem zentralen Kanal ganz in der Nähe des Hafenbeckens. Unter den großen Kastanien am Rand des Platzes standen unzählige Fahrräder. Die Tische der Restaurants waren gut besetzt und aus den Küchen drangen verführerische Düfte nach draußen.

»Ach, ist es herrlich, sich nach einem anstrengenden Drehtag entspannen zu können!« Gloria lehnte sich in ihrem Stuhl zurück. »Und dann noch in so angenehmer Gesellschaft!« Bei diesen Worten sah

die Schauspielerin allerdings nur ihren Kollegen an und nicht die drei Mädchen.
Maries Vater lächelte in die Runde. »Ich kann mir nichts Schöneres vorstellen, als einen Abend mit vier solch entzückenden Damen zu verbringen«, sagte er mit seiner tiefen, wohlklingenden Stimme. Im Charme-Versprühen war Helmut Grevenbroich einsame Spitze.
Marie ließ ihren Blick zwischen Gloria von Glitterbach und ihrem Vater hin und her schweifen. Tatsächlich himmelte Gloria ihren Kollegen ganz offen an. Maries Vater jedoch, der an so etwas gewöhnt war, schien nicht darauf anzuspringen. Beruhigt begann Marie damit, ihre Speisekarte zu studieren.
»Weiß jemand von euch, was Queller ist?«, fragte Kim, die sich schon einen Überblick über die angebotenen Gerichte verschafft hatte. »Das gibt's hier mit Kartoffelsalat und Krabben.«
»Queller ist eine Pflanze, die im Watt wächst und ziemlich salzig schmeckt«, erklärte Gloria. »Sie wird auch ›Meeresspargel‹ genannt.«
»Du kennst dich aber gut aus«, meinte Helmut Grevenbroich anerkennend.
»Kommst du hier von der Küste?«, wollte Franzi wissen.

Die Schauspielerin hatte den drei !!! bereits vor Drehbeginn das ›Du‹ angeboten.
»Ich ... äh ... nein, ich bin in Berlin geboren«, erwiderte Gloria und starrte dabei auf ihre Karte. »Wahrscheinlich habe ich mal irgendwo davon gehört.«
»Ich glaube, ich probiere das mit dem Queller.« Marie klappte ihre Speisekarte zu.
Nachdem sie alle ihre Bestellung aufgegeben hatten – Kim nahm Fisch mit Pommes und Franzi Nudelauflauf –, begann Gloria, in ihrer Handtasche zu wühlen. Marie fiel dabei auf, dass sie sich für diesen Abend die Fingernägel rot lackiert und einen Ring mit einem großen und intensiv grün leuchtenden Edelstein angesteckt hatte.
Schließlich holte Gloria einen kleinen getrockneten Seestern aus ihrer Tasche hervor. »Seht mal, der lag in meinem Hotelzimmer«, erklärte sie.
»Eine hübsche Deko«, meinte Marie und tauschte einen Blick mit ihren Detektivkolleginnen. Hatte die angeblich so reiche Gloria von Glitterbach es etwa nötig, Dekorationsgegenstände aus dem Hotel zu klauen?
Gloria, die die skeptischen Blicke der drei !!! gesehen hatte, schüttelte den Kopf. »Als ich gestern Abend

nach unserer Ankunft hier in Greetsiel zum ersten Mal auf mein Zimmer gegangen bin, ist der Seestern noch nicht da gewesen«, erzählte sie. »Aber als ich nach dem Abendessen hochkam, lag er auf dem Tischchen am Fenster. Ich habe mich zunächst darüber gefreut, weil ich dachte, es sei vielleicht eine kleine Aufmerksamkeit des Hotels.«

Marie nahm den Seestern in die Hand und fuhr vorsichtig mit dem Finger über das fünfzackige Gebilde. Es sah sehr hübsch aus, fühlte sich aber ziemlich rau an. Sie gab den Stern an Kim und Franzi weiter.

»Wir drei haben nichts gekriegt«, sagte sie.

Die drei !!! teilten sich ein Zimmer, so wie sie es sich für alle Stationen dieser Reise gewünscht hatten.

»Wir sind ja auch nicht so berühmt wie Gloria«, meinte Kim.

»Wenn es danach geht, müsste ich aber auch etwas bekommen haben«, bemerkte Helmut Grevenbroich nachdenklich. »Bei mir im Zimmer lag aber nichts.«

»Das dachte ich mir schon.« Gloria griff erneut in ihre Handtasche. »Vorhin nach dem Dreh habe ich nämlich auch noch diese Muschel gefunden. Und zwar in meiner Wohnmobil-Garderobe. Ist das nicht merkwürdig?«

Sie legte die weiße, fein geriffelte Muschel auf Maries geöffnete Hand.
Die drei !!! tauschten erneut Blicke aus, denn allen dreien war natürlich sofort der an Glorias WoMo herumschnüffelnde Gunnar eingefallen.
»Erst war jemand in deinem Hotelzimmer und dann auch noch in deiner Wohnmobil-Garderobe?« Franzi senkte die Stimme, weil gerade ein Kellner die Getränke servierte. »Einfach so in deine Privatsphäre einzudringen ist ziemlich heftig, finde ich!«
»Je berühmter ich werde, umso mehr Fans habe ich natürlich. Und meistens genieße ich das auch ein bisschen.« Glorias Wangen überzogen sich mit einer leichten Röte. »Es gibt zwar auch aufdringliche Fans, dass aber jemand einfach so bei mir eindringt, ist neu. Das macht mir, ehrlich gesagt, ziemlich große Angst. Vielleicht ist es ein Stalker, den ich nie wieder loswerde!« Gloria schluckte und war plötzlich ganz blass im Gesicht.
»In Ordnung ist solch ein Verhalten natürlich nicht«, bestätigte Helmut Grevenbroich. »Ich glaube aber trotzdem, dass es sich um einen vielleicht etwas übereifrigen, aber dennoch harmlosen Fan handelt. Und nicht um einen Stalker.«

In diesem Augenblick traten zwei Jugendliche an ihren Tisch heran.
»Entschuldigen Sie bitte«, brachten sie schüchtern hervor. »Dürfen wir mit Ihnen beiden ein Selfie machen?«
»Natürlich dürft ihr das!«, strahlte Gloria von Glitterbach sie an und setzte sich in Position.
Nachdem die Fans ihr Foto bekommen hatten, zückte Gloria zusätzlich noch zwei bereits unterschriebene Autogrammkarten.
Helmut Grevenbroich schrieb seinen Namen schwungvoll dazu.
»Wenn es dich beruhigt, Gloria, könnte ich dir wegen der merkwürdigen Ereignisse ein gutes Ermittlungsbüro empfehlen«, sagte er, als die Fans wieder weg waren.

»Wen denn?«, wollte Gloria wissen.
»Ich kenne drei ausgezeichnete Detektivinnen, die schon eine große Anzahl Erfolge vorzuweisen haben!« Maries Vater grinste. »Du sitzt gerade mit ihnen am Tisch.« Lächelnd wies er auf Kim, Franzi und Marie.
Gloria verschluckte sich fast an ihrem Wein. »Wie soll ich das verstehen?«, fragte sie.
»Wir sind wirklich Detektivinnen«, bestätigte Kim.

»Und das mit den Erfolgen stimmt auch«, sagte Franzi, während sie eine Visitenkarte aus einem kleinen Etui zog und sie neben Glorias Teller legte.

Die drei !!!
Detektivinnen
Kim Jülich
Franziska Winkler
Marie Grevenbroich
Wir lösen jeden Fall!
Kontakt: siehe Rückseite

Gloria nahm die Karte in die Hand und betrachtete sie eine Weile. »Während des Drehs muss ich mich hundertprozentig auf meine Rolle konzentrieren«, meinte sie dann und blickte auf. »Deshalb würde mich sehr darüber freuen, wenn ihr drei mir in dieser Sache helfen könntet.«

Am nächsten Morgen waren die drei !!! gemeinsam mit dem Filmteam auf dem Weg nach Harlesiel. Hier lag der Hafen, von dem aus sie mit der Fähre zur Insel

Wangerooge übersetzen würden. Im Bus steckten Kim, Franzi und Marie die Köpfe zusammen.

»Jetzt haben wir von Gloria genau *die* Aufgabe bekommen, die Gunnar gerne hätte«, stellte Franzi amüsiert fest. Da sie hinter Kim und Marie saß, hatte sie sich zwischen deren Rückenlehnen nach vorne gebeugt.

Marie griente ebenfalls. »Aber im Gegensatz zu ihm sind wir professionelle Ermittlerinnen«, sagte sie.

»Die jetzt einen neuen Fall haben, den es zu lösen gilt!«, ergänzte Kim und holte ihr Handy hervor.

Die drei !!! hatten sich von Gloria den Seestern und die Muschel geben lassen und zur Aufbewahrung in Plastikbeutel gesteckt. Allerdings nicht, ohne die beiden Beweisstücke zuvor gründlich zu untersuchen und von allen Seiten abzufotografieren.

»Blöd, dass wir keine Fingerabdrücke finden konnten«, sagte Marie und drehte sich halb zu Franzi um. »Sonst hätten wir sie mit denen von Gunnar vergleichen können.«

»Beim Seestern ist die Oberfläche für Abdrücke sowieso zu rau«, erklärte Kim. »Bei der Muschel hätte es trotz der geriffelten Struktur klappen können, aber vielleicht hat der heimliche Besucher ja Handschuhe getragen.«

Kim zog eins der gemachten Bilder auf ihrem Handydisplay groß. »Am Seestern konnten wir ja auch keine anderen Spuren finden«, sagte sie. »Aber die kleinen rosaroten Punkte, die wir an der Muschel entdeckt haben, könnten ein wichtiger Hinweis sein.«

»Zur Muschel selbst scheinen sie mal nicht zu gehören«, erklärte Franzi. »Jedenfalls habe ich solche Punkte noch nie auf einer Muschel gesehen.«

»Es wäre interessant zu wissen, ob die beiden Sachen hier von der Nordsee stammen«, meinte Marie.

»Lasst uns doch unseren Setberater fragen.« Franzi deutete mit dem Kopf schräg hinter sich.

Dort saß der etwa dreißigjährige Jannes. Er war in einem kleinen Ort an der Küste aufgewachsen und beriet das Filmteam, damit sämtliche Motive, die Kleidung der Schauspieler und alles andere, was ins Bild kam, für die Krimi-Zuschauer echt norddeutsch aussahen.

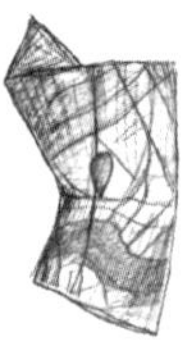

Kim drehte sich bereits um. »Jannes, dürfen wir dich kurz stören?«, fragte sie höflich und hielt ihr Handy hoch. »Kannst du uns sagen, ob diese Muschel und der Seestern hier von der Nordsee stammen?«

Jannes ließ das *Ostfriesische Tageblatt* sinken, in dem er gerade las, und fuhr sich mit der Hand über seinen kurzen, rotblonden Vollbart. »Das könnte ich sicher«, grummelte er, »aber *ick heff keen Tied*. Denn wie ihr seht, bin ich gerade mit etwas anderem beschäftigt.« Mit diesen Worten hob er die Zeitung wieder vor sein Gesicht.

»Na, das ist ja ein supernetter Zeitgenosse!«, flüsterte Franzi.

»Dann recherchieren wir eben selbst.« Marie hatte bereits ihr Smartphone aus der Tasche geholt.

»Ich würde sagen, die Muschel ist eine Herzmuschel«, meinte Franzi. »Wenn man zwei passende Muschelhälften zusammenlegt und von der Seite betrachtet, sehen sie aus wie ein Herz!«

»Hier steht, dass Herzmuscheln nicht nur an der Nordsee, sondern weltweit ziemlich häufig vorkommen«, erklärte Marie.

»Und was ist mit dem Seestern?«, fragte Franzi. »Wir waren schon einmal an der Nordsee, haben damals aber keinen einzigen gefunden.«

»Das liegt wahrscheinlich daran«, grummelte Jannes hinter seiner Zeitung hervor, »dass man Seesterne an den Stränden der Nordsee meist nur im Winter findet.«

Die drei !!! sahen sich an und grinsten.

Maries Vater kam durch den Gang auf sie zugeschlendert. »Dieser norddeutsche *Grummelpott* hier ist viel netter, als er tut«, flüsterte er den Mädchen so laut zu, dass auch Jannes es hören musste. »Diese Spezies kommt an der Nordseeküste übrigens ziemlich häufig vor«, fügte er augenzwinkernd hinzu, klopfte Jannes auf die Schulter und ging weiter.

Marie hatte inzwischen etwas herausgefunden. »Unser Seestern sieht genauso aus wie die Seesterne, die in der Nordsee leben«, meinte sie.

Maries Vater kam durch den Bus zurück. »Am besten packt ihr euren *Backbeermus* schon mal zusammen!«, forderte er die Mädchen auf. »In wenigen Minuten sind wir in Harlesiel.«

Kapitel 4

»Ist es nicht super, dass ihr in dem Krimi meine Freundinnen spielen dürft?«

MARIE

Alarm auf der Fähre

Als der Bus auf den Parkplatz am Fährhafen bog, sahen die drei !!! Arjen unter der geöffneten Heckklappe eines dunkelblauen, schon etwas älteren Campingbusses stehen. Auf Wangerooge durften nur einige wenige Elektrofahrzeuge fahren, weshalb sämtliche Wagen des Filmteams und auch die beiden Wohnmobile auf dem Parkplatz am Fährhafen stehen bleiben mussten. Nur die Fahrräder durften mit.

Kim, Franzi und Marie gingen erst einmal zu Arjen hinüber, der gerade dabei war, seine Sachen in zwei großen Reisetaschen zu verstauen.

»Moin, ihr drei.«

»Guten Morgen!«, erwiderten Kim, Franzi und Marie.

»Das hier ist also dein ›Meeres-Reisemobil‹?«, fragte Marie und linste in den zu einer Mischung aus Labor und Campingbus umgebauten Transporter.

An einer Wand sah sie eine schmale Pritsche zum Schlafen und Sitzen, eine kleine Tischplatte, die man – um Platz zu sparen – runterklappen konnte, sowie eine winzige Kochnische inklusive Wasserkocher. An der anderen Wand hatte Arjen mehrere Aquarien installiert, von denen die meisten noch leer waren. Außerdem gab es ein paar Hängeschränke und ein modern aussehendes Mikroskop.

»Ich habe mit meiner Nordseetour gerade erst begonnen«, berichtete Arjen. »Ich starte hier in Ostfriesland und arbeite mich dann an der Küste bis nach Nordfriesland vor.«

»Und überall sammelst und untersuchst du Meerestiere?« Franzi betrachtete interessiert ein Aquarium, in dem zahllose winzige Tierchen hin und her flitzten.

Arjen nickte. »Genauer gesagt die Tierarten, die im Watt leben«, erwiderte er. »Also in einem Zwischenbereich, der weder Land noch Meer ist. Besonders faszinierend finde ich die ganz kleinen Arten. Von denen haben auf einem Kubikmeter Wattboden mehrere Millionen Platz.« Arjen quetschte noch seinen Laptop in eine der Taschen und zog den Reißverschluss zu. »Ich forsche hauptsächlich über *Hüpferlinge*«, sagte er und zeigte auf das Gewusel in dem Becken, das Franzi sich gerade ansah. »Die gehören zu den Kleinkrebsen.«

»Ein paar größere Tiere sammelst du aber anscheinend auch.« Marie zeigte auf eine flache Schale. Darin lagen getrocknete Seeigel, verschiedene Muschelarten, der leere Panzer einer Strandkrabbe und ein Seestern. Der Seestern sah genauso aus wie das Exemplar, das der heimliche Besucher in Glorias Wohnmobil geschmuggelt hatte.

Fun Fact

Das als »Nordseekrabbe« bekannte Tier ist gar keine Krabbe, sondern eine Sandgarnele. Bei Gefahr kann sie sich U-förmig zusammenklappen und blitzschnell fortkatapultieren, bis zu einem halben Meter weit!

Marie merkte, wie sich ihr Herzschlag beschleunigte. Kim und Franzi schien es ebenso zu gehen, denn sie warfen sich alarmierte Blicke zu.

»Ich mag eben *alle* Lebewesen der Nordsee«, erwiderte Arjen und klang mit einem Mal knapp angebunden. Außerdem schien er es plötzlich eilig zu haben, die Heckklappe zu schließen. »Die Fähre fährt bald«, meinte er erklärend. »Und ich will vorher noch mein Gepäck aufgeben.« Dann eilte er mit seinen beiden Taschen davon.

Auf der Fähre liefen die drei Freundinnen gleich nach oben an Deck, um sich gute Plätze zu sichern. Helmut Grevenbroich und Gloria von Glitterbach nahmen weiter vorne Platz.
Wenige Minuten später merkten die drei !!! an einem leichten Vibrieren, dass das Schiff seinen Motor gestartet hatte. Dessen leises Brummen war kaum zu hören, dafür schossen beim Ablegen laut kreischend mehrere Möwen über die Köpfe der Passagiere hinweg.
»Freut ihr euch auch schon so darauf, dass wir morgen Nachmittag beim Dreh dran sind?«, fragte Franzi.
»Ja, total!«, rief Marie. »Ist es nicht super, dass ihr in dem Krimi meine Freundinnen spielen dürft? Das ist dann wie in Wirklichkeit!«
Kim kramte eine Packung Kekse aus ihrem Rucksack. »Obwohl ich nur zwei kurze Sätze sagen muss, bin ich wahnsinnig aufgeregt!«, stöhnte sie. Sich vor einer Kamera zu präsentieren war überhaupt nicht

ihr Ding. Kim biss in einen Keks, stopfte sich aber gleich darauf auch den Rest davon in den Mund.

»Wie gut, dass du immer ein bisschen Nervennahrung dabeihast«, meinte Marie grinsend.

»Ihr braucht Nervennahrung?« Arjen war mittlerweile ebenfalls an Deck gekommen. »Wofür denn?«

Kim, Franzi und Marie erzählten ihm, dass sie am nächsten Tag ihren ersten Einsatz beim Dreh haben würden.

»Worum geht es denn dabei?«, fragte Arjen.

»Es ist ein Krimi-Mehrteiler, in dem eine ehrgeizige Kommissarin aus der Großstadt in ein kleines Örtchen an der Nordseeküste versetzt wird«, erklärte Marie.

»Ihr Kollege dort ist ein ziemlich gemütlicher Typ, der eigentlich bloß seine Ruhe haben will«, fuhr Franzi fort. »Den spielt Maries Vater.«

»Und das, obwohl er in Wirklichkeit ganz anders ist«, lachte Marie. »Er sitzt übrigens da vorne.« Sie zeigte auf die Bank fünf Reihen vor ihnen.

»Ist die junge Dame da neben ihm die ›Kommissarin‹?«, erkundigte sich Arjen.

»Ja.« Kim bot ihm einen Keks an. »Sie heißt Gloria von Glitterbach. Kennst du die etwa auch nicht?«

Arjen schüttelte bedauernd den Kopf.
»Sie kommt übrigens tatsächlich aus einer Großstadt, aus Berlin nämlich.« Marie nahm einen Schluck aus ihrer Wasserflasche. »Das steht auch in Glorias Biografie.«
»Gloria von Glitterbach hat schon eine Biografie geschrieben?«, fragte Franzi verwundert. »Die ist doch höchstens dreißig!«
»Gut geschätzt.« Marie nickte. »Sie wird demnächst neunundzwanzig. Das steht auch in ihrem Buch.«
Arjen musterte Gloria, die aufgestanden war und mit Jannes um die Schiffsaufbauten herumspazierte, bis sie nicht mehr zu sehen waren.
Kim begann damit, den Fahrplan zu studieren, den jemand auf der Bank liegen gelassen hatte. »Das ist ja interessant«, sagte sie. »Die Fähre fährt jeden Tag zu anderen Uhrzeiten. Das ist vermutlich von Ebbe und Flut abhängig, oder?«
»Ja, genau«, bestätigte Arjen. »Um nach Wangerooge zu kommen, muss man entweder auf die Flut warten oder mit einem kleinen Flugzeug hinfliegen. Zur Insel *Neuwerk* dagegen, die in der Nähe von Cuxhaven liegt, kann man bei Ebbe auch zu Fuß gehen oder sogar mit einer Pferdekutsche fahren!«

3. Insel Neuwerk

Zur kleinen Insel Neuwerk kann man sich bei Ebbe mit einer Pferdekutsche bringen lassen. Es gibt aber auch geführte Touren zu Fuß. Von der Aussichtsplattform des 700 Jahre alten Turms hat man einen großartigen Blick auf das Wattenmeer. Tipp: Fernglas mitnehmen!

»Ich habe irgendwo gelesen, dass sich die Lage der Sandbänke in der Nordsee immer wieder verändert«, sagte Franzi.
Arjen nickte. »Manche der Sandbänke liegen selbst bei Flut sehr dicht unter der Wasseroberfläche. Für Schiffe, die sich hier nicht auskennen, kann das verdammt gefährlich werden.«
Neugierig blickten Kim, Franzi und Marie hinaus auf die See.
»Ich kann keine Sandbänke erkennen«, meinte Marie.
Arjen lächelte. »So funktionierte früher das Geschäft der Strandpiraten«, sagte er. »Mit falschen

Leuchtfeuern am Strand wurden Schiffe zu den Stellen gelockt, wo die Gefahr am größten war. Saß das Schiff erst einmal auf Grund, brauchten die Strandräuber bloß noch die Ebbe abzuwarten und konnten dann sogar zu Fuß zu ihrer Beute gelangen.«

»Diese Methode, Schiffe zu überfallen, ist ja besonders hinterhältig«, fand Franzi.

»Gab es denn viele Piraten an der Nordseeküste?«, wollte Marie wissen.

»Es waren nicht gerade wenige.« Arjen kratzte sich an der Wange und seine Stimme wurde eine Spur rauer. »Einige von ihnen sollen tatsächlich noch heute als Geister ihr Unwesen in der Gegend treiben«, flüsterte er.

Marie spürte, wie ihr ein kalter Schauer den Nacken hinunterkroch. Sie hielt übernatürliche Phänomene für durchaus denkbar, und daher war es für sie nicht ausgeschlossen, dass tatsächlich irgendwelche schon längst verstorbenen Piraten nachts in den Dünen und an den Stränden umhergeisterten.

In Arjens Augen trat jetzt ein Funkeln. »Noch häufiger erzählt man sich aber von den Schätzen, die immer noch irgendwo versteckt sein sollen«, raunte er.

Kim, Franzi und Marie hätten gerne noch mehr über die Schätze der Strandpiraten erfahren, doch plötzlich hallte ein Schrei über die Fähre, der nicht von den Möwen stammte. Stattdessen kam er aus der Richtung, in die Gloria mit Jannes verschwunden war. Eine Schrecksekunde lang sahen sich die drei !!! an. Dann sprangen sie blitzschnell von ihren Bänken auf und stürmten über das Schiff.

Kapitel 5

»Wollen wir runtergehen und eine Runde schwimmen?«

FRANZI

Unheimliche Botschaften

Detektivtagebuch von Kim Jülich
Dienstag, 10:33 Uhr
Franzi, Marie und ich sind jetzt auf Wangerooge. Genauer gesagt sitzen wir in der Inselbahn, die uns durch die Salzwiesen bis in den Ort bringt. Bei der Einfahrt mit der Fähre in den Hafen haben wir Seehunde entdeckt. Besser würde man sie natürlich in einer Seehundstation *sehen, aber Franzi war auch so schon total aus dem Häuschen! Jetzt klebt sie wie gebannt am Fenster und bewundert die Austernfischer, Küstenseeschwalben und all die anderen Vögel, die da draußen herumstapfen und umherfliegen. Marie wollte eigentlich ein paar Nachrichten mit ihrem Handy schreiben, aber hier ist der Empfang ziemlich schlecht. Deshalb unterhält sie sich nun mit ein paar Leuten vom Filmteam. Ich selbst nutze die Gelegenheit, um schon mal einige Notizen zu unserem neuen Fall festzuhalten.*

Bereits zwei Mal ist jemand unbefugt in Glorias Privatsphäre eingedrungen: in ihr Hotelzimmer und ihre Wohnmobilgarderobe. Beides war in Greetsiel, der ersten Station unserer Tour. Seitdem hat Gloria große Angst davor, dass sie verfolgt wird. Maries Vater dagegen scheint Glorias Ängste nicht besonders ernst zu nehmen. Vielleicht war der (un)heimliche Besucher ja tatsächlich ein Fan, der in Greetsiel wohnt oder gerade dort Urlaub macht. Dann wäre es unwahrscheinlich, dass noch mehr passiert. Wir drei !!! halten aber natürlich trotzdem die Augen offen! Es könnte ja sein, dass es jemand vom Filmteam ist. Dieser merkwürdige Produktionsassistent Gunnar zum Beispiel. Den haben wir nämlich dabei erwischt, wie er in Glorias WoMo gegafft hat.

Außerdem haben wir Arjen, einen Meeresbiologen, kennengelernt. Der forscht hier gerade für seine Doktorarbeit. Wir waren etwas überrascht, weil er offenbar genau solche Dinge sammelt, wie sie Glorias ungebetener Besucher hinterlassen hat. Andererseits ist so etwas für einen Meeresbiologen vielleicht nicht besonders ungewöhnlich. Eigenartiger ist da schon gewesen, dass er plötzlich so kurz angebunden war und die Heckklappe seines Transporters gar nicht schnell genug zukriegen konnte. Gibt es etwas, das wir nicht sehen sollten?

Falls sich doch noch weitere Vorfälle ereignen, kommt er auf jeden Fall auf die Liste unserer Verdächtigen!
Das Spannendste bisher war aber die Sache auf der Fähre. Da hat Gloria ganz laut geschrien. Als wir hingelaufen sind, haben wir gesehen, wie Jannes sie an den Schultern gepackt hatte. Glorias Augen waren ganz weit aufgerissen, und da haben wir im allerersten Moment gedacht, dass Jannes sie vielleicht über die Reling stoßen will.
Als wir bei den beiden ankamen, hatte Jannes Gloria aber schon wieder losgelassen. Unsere Fragen hat er gar nicht erst beantwortet, sondern ist einfach weggegangen. Gloria meinte, dass die Fähre plötzlich ein bisschen geschlingert hätte. Sie wäre aus dem Gleichgewicht gekommen und hätte deshalb geschrien. Da hätte Jannes sie auch schnell an den Schultern festgehalten. Franzi, Marie und ich haben aber überhaupt kein Schlingern bemerkt. Uns kam es eher so vor, als ob sich die beiden gestritten hätten. Weshalb wir uns jetzt fragen, ob sich Gloria und Jannes vielleicht näher kennen, als sie zugeben wollen. Oder hat einer von ihnen sogar etwas zu verbergen?

Im Hotel angekommen, fuhren Kim, Franzi und Marie gleich mit dem Fahrstuhl auf ihr Zimmer im obersten Stockwerk. Gloria von Glitterbach und Maries Vater waren vor dem Hotel noch von Fans aufgehalten worden.

»Seht mal, von hier aus kann man direkt auf den Strand und die Nordsee gucken!«, rief Marie. Sie öffnete das Fenster. Warme, salzige Meeresluft, das angenehme Geräusch der sanft an den Strand schlagenden Wellen und Rufe spielender Kinder drangen herein.

»Hier kann man's aushalten«, meinte Kim und warf sich aufs Bett.

»Wollen wir runtergehen und eine Runde schwimmen?«, fragte Franzi, die mitten im Zimmer stehen geblieben war.

»Das wäre toll«, antwortete Marie. »Aber wir müssen warten, bis unsere Koffer mit den Badesachen vom Hafen hierhergebracht werden.«

Fun Fact

Der Austernfischer »fischt« nicht wirklich und frisst Austern nur im Notfall. Stattdessen stochert er bei Ebbe mit seinem langen roten Schnabel im Schlick nach kleineren Muscheln, Würmern, Schnecken und Krebsen.

4. Seehundstationen »Friedrichskoog« und »Nationalpark-Haus«

An der Nordseeküste gibt es zwei Aufzuchtstationen für Seehunde und Kegelrobben: Die Seehundstation Nationalpark-Haus in Norden-Norddeich und die Seehundstation Friedrichskoog in Friedrichskoog. In den beiden Einrichtungen kann man die Tiere hautnah erleben.

»Wir könnten uns solange ein bisschen im Hotel umsehen«, schlug Kim vor.

»In welchem Zimmer Gloria wohl untergebracht ist«, überlegte Franzi, als die drei !!! wenig später im Hotelflur standen.

»Schaut mal, vor der Tür da stehen schon ihre Koffer!« Kim zeigte über den Flur. »Das muss ihr Zimmer sein!«

Als sie näher kamen, sahen die Freundinnen, dass auf dem kleinsten Koffer, der hinter den beiden größeren zuerst nicht zu sehen gewesen war, etwas lag. Und zwar etwas, das keins der Mädchen auch nur im Entferntesten erwartet hätte.

»Iiih! Was ist das denn?« Marie stolperte einen Schritt zurück.

Franzi fing sie auf und betrachtete neugierig das seltsame Subjekt, das auf dem Koffer hockte: »Eine tote Strandkrabbe, denke ich.«

Kim zog ihre Nase kraus. »Und sie müffelt schon ein bisschen«, verkündete sie.

Während Marie daraufhin noch zwei weitere Schritte Abstand nahm und dabei mit der handtellergroßen Krabbe in einen Wer-starrt-am-längsten-ohne-zu-blinzeln-Wettbewerb trat, packte Franzi das Tier mit Daumen und Mittelfinger vorsichtig am Panzer. Als sie es hochhob, verrutschten die gefährlich aussehenden Scherenbeine und schubsten ein kleines, mit Druckbuchstaben beschriebenes Blatt Papier vom Koffer.

Fun Fact

Mit bis zu 2,40 Meter Körperlänge sind Kegelrobben Deutschlands größte Raubtiere. Wesentlich häufiger findet man an der Nordsee aber die etwas kleineren Seehunde.

In diesem Augenblick traten Helmut Grevenbroich und Gloria von Glitterbach aus dem Fahrstuhl und kamen über den Hotelflur auf die drei !!! zu.

»Franzi, ich weiß ja, dass du eine große Tierfreundin bist«, sagte Maries Vater und lachte dabei, »aber den *Dröhnbüdel* da in deiner Hand solltest du vielleicht besser nicht mit aufs Zimmer nehmen.« Er zeigte auf die Krabbe, die mit ihren herunterhängenden Scheren und Beinen tatsächlich ziemlich lahm aussah.

Gloria fand das offenbar nicht so lustig. »Was macht ihr denn an meinen Sachen?«, fragte sie misstrauisch.

»Wir haben die tote Krabbe gefunden«, erklärte Franzi.

»Und als Franzi sie hochgehoben hat, ist ein Zettel heruntergefallen«, ergänzte Kim.

»Vielleicht ist es eine Botschaft an dich.« Marie spürte ein aufgeregtes Kribbeln im Magen. »Von der Person, die auch den Seestern und die Muschel bei dir hingelegt hat!«

»Lasst mal sehen!« Bevor Gloria reagieren konnte, hatte sich Maries Vater schon nach dem Zettel gebückt. Noch im Aufstehen begann er damit, ihn vorzulesen:

»Gold und Geschmeide habt ihr geräubert,
auch Silber und so manch' edlen Stein.
Ein Schatz, unsagbar wertvoll,
soll es geworden sein.«

Helmut Grevenbroich ließ den Zettel sinken. »Da hat aber jemand eine Menge Fantasie!«, meinte er. Gloria jedoch war alle Farbe aus dem Gesicht gewichen.

»Das ist doch Blödsinn!«, zischte die Schauspielerin und riss ihrem Kollegen den Zettel aus der Hand. Mit ihren Fingern, deren Nägel immer noch rot lackiert waren, faltete sie das Papier zusammen und steckte es in ihre Handtasche.

Kim sah Gloria aufmerksam an. »Hast du schon mehr solcher Botschaften bekommen?«, fragte sie.

»Hm, na ja …« Gloria hüstelte nervös.

Marie hatte den Eindruck, als wolle die Schauspielerin nicht so recht mit der Sprache herausrücken.

»Das heißt also ›Ja‹«, sagte Kim.

Gloria zuckte unsicher mit einer Schulter.

»Was stand denn drauf?«, wollte Helmut Grevenbroich wissen. »Da scheint irgend so ein *Klooksnacker* Schatzsuche spielen zu wollen. Das ist ja für euch drei Detektivinnen genau das Richtige!«

»Papa, musst du unbedingt die ganze Zeit mit diesen norddeutschen Ausdrücken um dich werfen?« Marie verdrehte genervt die Augen.
»Ich nutze eben jede Gelegenheit, um für meine Rolle zu üben«, erwiderte Helmut Grevenbroich und zwinkerte seiner Tochter zu.
»Du glaubst also, das ist eine Art Rätsel?« Gloria sah ihren Kollegen an und wirkte jetzt wieder entspannter.
»Ja, was denn sonst?«, bestätigte Maries Vater. »Und ich finde, wir sollten mitspielen. So fantasievolle Fans hat man schließlich selten!«
Glorias verkniffener Gesichtsausdruck verriet, dass sich ihre Lust zum Mitspielen in Grenzen hielt. Aber immerhin kramte sie nun bereitwillig in ihrer Handtasche und holte ein weiteres Stück Papier daraus hervor. »Das steckte heute Morgen nach dem Frühstück an meiner Hotelzimmertür«, erklärte sie. Kim zog eine Pinzette aus ihrem Rucksack und fasste damit das Papier an einer Ecke. Dann steckte sie es in den Plastikbeutel, den Marie ihr entgegenhielt. Franzi öffnete einen zweiten Beutel, in den Helmut Grevenbroich den anderen Zettel steckte.
»Ihr arbeitet aber gewissenhaft!«, lobte Gloria die drei !!!.

»Wir sind nicht so sicher wie mein Vater, dass sich hier jemand bloß einen Spaß erlaubt«, sagte Marie. »Deshalb werden wir die Zettel nachher auf Spuren untersuchen.«
»Jetzt lies doch endlich mal vor!«, drängte Helmut Grevenbroich.
Franzi verschloss schnell den Beutel und zog ihn zwischen ihren Händen glatt. Sie las:

Halunken und Strandpiraten ihr einst wart,
locktet zahlreiche Schiffe ins Verderben.
Elend und Schrecken brachtet ihr viel,
ganze Mannschaften mussten sterben.

»*Strandpiraten ihr einst wart*?« Marie sah Gloria fragend an. »Sagt dir das etwas?«
Gloria blickte zur Seite. »Nein, keine Ahnung«, behauptete sie. »Außerdem brauche ich jetzt Ruhe, um für den Dreh nachher fit zu sein. Untersucht ihr ruhig die merkwürdigen Botschaften. Ich lege mich erst einmal ein Weilchen hin.« Mit diesen Worten schloss sie ihr Zimmer auf, zerrte die drei Koffer hinein und schloss die Tür.
»Ich werde auch erst mal ein Nickerchen machen«, meinte Maries Vater.

Kim, Franzi und Marie eilten ebenfalls auf ihr Zimmer. Sie wollten sich so schnell wie möglich mit den rätselhaften Botschaften beschäftigen.

Kapitel 6

»Vielleicht ist es der Geist eines alten Piraten!«

MARIE

»Franzi, bring doch mal die Krabbe raus!« Marie hielt sich die Nase zu. »Du hast selbst gesagt, dass du daran nichts Interessantes entdecken kannst.«
»An so einer Strandkrabbe kann ich jede Menge Interessantes entdecken«, widersprach Franzi grinsend. »Nur leider nichts, was darauf hindeutet, wer sie auf Glorias Koffer gesetzt hat.«
»Allerdings verdichtet sich jetzt die Vermutung, dass es kein harmloser Fan war, der in Greetsiel wohnt oder dort gerade Urlaub macht«, sagte Kim. »Der wäre Gloria ja wohl kaum hierher nachgereist.«
»Das ist zwar nicht ausgeschlossen, aber *wahrscheinlich* ist es nicht«, bestätigte Marie.
Kim, die gerade dabei war, die beiden Zettel-Botschaften mit der Lupe zu untersuchen, verzog nun auch das Gesicht. »Der Duft, den das Ding in deiner Hand da ausdünstet«, meinte sie und wies mit der Lupe auf die tote Strandkrabbe, »wäre übrigens

selbst für hartgesottene *Fischköppe* eine Herausforderung!«

»*Fischköppe*?« Marie blickte Kim strafend an. »Fang du jetzt nicht auch noch damit an! Es reicht mir schon, wenn mein Vater die ganze Zeit so spricht, als sei er wirklich ein norddeutscher Kommissar.«

»Das heißt hier nicht *spricht*, sondern *schnackt*«, erklärte Franzi lachend. Dann zog sie rasch die Hotelzimmertür hinter sich zu, sodass sie Maries fliegender Badesandale gerade noch entging.

Franzi war schnell wieder zurück. »Ich wusste nicht, wohin mit der Krabbe, deshalb habe ich sie einfach vor Gunnars Tür gesetzt«, verkündete sie kichernd. »Allerdings ist er mir eben noch begegnet, weswegen er sich jetzt vielleicht denken kann, dass die Krabbe von mir kommt.« Franzi zuckte mit den Schultern. »Was hat die Analyse des Papiers ergeben?«

»Auf der Botschaft, die Gloria als Erstes erhalten hat, befinden sich ganz ähnliche Flecken wie auf der Muschel!« Kim legte die beiden Beweisstücke nebeneinander aufs Bett.

Marie, die schon im Bilde war, erklärte: »Es ist eindeutig das gleiche Rosa!«

»Dann stammt vermutlich beides vom selben Täter«, folgerte Franzi.
»Und dieser Täter – oder die Täterin –«, ergänzte Kim, »ist oder war im Besitz von irgendetwas, das rosarote Flecken macht.«
»Was von Himbeersaft über rote Tinte bis hin zu Erdbeereis alles sein könnte.« Marie gab einen kleinen frustrierten Schnaufer von sich.
»Ich finde, wir sollten uns später mit diesen Flecken beschäftigen«, sagte Franzi und begann damit, in ihrem Koffer zu wühlen. »Ich möchte jetzt endlich baden gehen!«

Während sich Kim, Franzi und Marie umzogen, beschlossen sie, nach dem Baden noch zum *Westturm* zu radeln, dem Wahrzeichen der Insel Wangerooge. Unten am Strand machte Kim es sich sofort in einem der Strandkörbe gemütlich, die für das Filmteam gebucht worden waren. Franzi und Marie dagegen legten nur kurz ihre Sachen ab und stürmten dann ins Wasser.
»Du solltest es auch mal probieren!«, rief Franzi, als sie zurückkamen. »Es ist herrlich!« Sie schüttelte ihre nassen Haare, sodass Kim einige Tröpfchen abkriegte.
»Danke, das reicht mir an Erfrischung«, antwortete Kim und musste unfreiwillig grinsen. »Während ihr

im Wasser wart, habe ich lieber weitere Überlegungen zu unserem Fall angestellt.«

Franzi und Marie trockneten sich ab und breiteten ihre Badehandtücher vor dem Strandkorb aus. Sie setzten sich im Schneidersitz darauf und hörten Kim gespannt zu.

»So, wie ich es sehe, gibt es drei Möglichkeiten«, begann Kim. »Annahme eins: Der ungebetene Besucher ist ein bisschen verrückt, aber harmlos. Annahme zwei: Es handelt sich um eine Person, die von Gloria besessen ist und um jeden Preis ihre Aufmerksamkeit möchte. Oder ... und das wäre Annahme drei ...« Hier machte Kim eine Pause.

»Oder?«, echoten Franzi und Marie.

»Oder er ist keins von beiden«, fuhr Kim fort und beugte sich im Strandkorb nach vorne, »sondern hat etwas völlig anderes im Sinn.«

»Und hast du schon eine Idee, was das sein könnte?«, fragte Marie neugierig.

»Bisher noch nicht.« Kim legte ihre Stirn in Falten. »Aber vielleicht helfen uns die beiden Botschaften weiter.«

»Lies diejenige, die Gloria als Erstes erhalten hat, doch noch mal vor«, forderte Franzi Kim auf.

Kim nahm ihr Handy in die Hand und öffnete die

Bilddatei. »*Halunken und Strandpiraten ihr einst wart*«, zitierte sie, »*locktet zahlreiche Schiffe ins Verderben. Elend und Schrecken brachtet ihr viel, ganze Mannschaften mussten sterben.*«

»Was hätte jemand davon, Gloria so etwas zu schreiben?«, fragte Marie und drehte grüblerisch eine ihrer blonden Locken um den Zeigefinger. »Gloria ist doch weder ein Halunke noch ein Strandpirat.«

»Was mich darauf bringt, dass wir noch eine weitere Möglichkeit ins Auge fassen sollten«, warf Franzi ein. »Und zwar die, dass Gloria selbst die Objekte bei sich drapiert hat.«

Marie hielt mit dem Lockendrehen inne. »Was? Warum sollte sie das tun?«

Franzi zuckte die Schultern. »Vielleicht, um vom Filmteam mehr Aufmerksamkeit zu bekommen? Sie hat selbst zugegeben, dass sie es genießt, im Mittelpunkt zu stehen.«

»Ein anderes Motiv könnte sein, dass Gloria vorhat, wegen der Vorfälle irgendwann die Presse einzuschalten«, überlegte Kim. »In der Hoffnung, dass sich durch den entstehenden Trubel ihre Biografie besser verkauft.«

»Das wäre ja ein fantastischer Werbe-Coup!«, rief Marie.

»Allerdings kein besonders ehrenhafter«, sagte Franzi.
»Dann würde der Begriff ›Halunke‹ doch auf Gloria passen«, stellte Kim sachlich fest.
Die nächsten zwei Stunden verbrachten die drei !!! gemütlich am Strand, dann fiel Franzis Blick auf Kims Armbanduhr. »Ach du heiliger *Klabautermann*!«, rief sie. »So spät schon! Wir wollten doch noch zum *Westturm* fahren!«

Kurze Zeit später saßen Kim, Franzi und Marie auf den Fahrrädern und waren unterwegs zum Westteil der Insel. Als sie etwa zwei Drittel der Strecke geschafft hatten, zogen von der Nordsee her dunkle Wolken auf.
»Ich glaube, es gibt gleich noch Gewitter«, meinte Kim.
»Wollen wir umdrehen?« Marie warf einen beunruhigten Blick auf den sich schnell verdunkelnden Himmel. »Es wird auch schon windig!«
»Wir würden es sowieso nicht mehr trocken bis zum Hotel zurück schaffen«, vermutete Franzi. »Außerdem ist dies unsere einzige Chance, auf den *Westturm* zu kommen! Morgen fahren wir ja schon weiter nach Helgoland.«

»Wir können ja im Turm abwarten, bis das Gewitter vorbei ist«, schlug Kim vor. »Ich habe gehört, dass man von dort aus einen total tollen Blick haben soll!«
»Na, dann los!«, rief Marie und trat mit neuem Schwung in die Pedale.

Am Turm angekommen, stellten die drei !!! ihre Fahrräder ab und gingen um den viereckigen Backsteinturm herum. Im einzigen weiteren Gebäude auf dem Gelände befand sich eine Jugendherberge, aber es war niemand zu sehen.
»Die Tür zum Turm ist offen«, rief Marie und trat vor Kim und Franzi hinein.
Die drei !!! begannen, die Treppe hochzusteigen. Im achten Stock standen die Mädchen schließlich vor einer Eisentür, die sich aber problemlos öffnen ließ. Es folgten ein paar weitere Treppenstufen, dann fanden sich Kim, Franzi und Marie im Dachstuhl wieder. Das Licht hier oben war dämmrig, und es roch nach altem, trockenem Holz.
Zwei Männer mit Werkzeugkästen kamen eine hölzerne Wendeltreppe herunter, die offenbar noch weiter nach oben führte.
»Moin!«, grüßte der jüngere freundlich. »Was habt ihr denn vor?«

5. Westturm

Durch den Wind und die Wellen verschiebt sich die ostfriesische Insel Wangerooge alle 300 Jahre einmal um ihre komplette Länge. Aus diesem Grund ist der Westturm bereits zwei Mal in der Nordsee versunken und musste jeweils ganz neu aufgebaut werden.

»Wir möchten rauf ins Turmzimmer«, antwortete Kim.

»Habt ihr denn einen Schlüssel?«, fragte der ältere der beiden Handwerker. »Wir haben nämlich jetzt Feierabend und müssen die Eisentür abschließen, durch die ihr gerade gekommen seid.«

»Oh, nein!«, rief Marie. »Wir wollten doch so gerne bis ganz nach oben! Da soll die Aussicht fantastisch sein.«

Kim ließ sich auf eine Holzkiste sinken. »Ich bin doch nicht ganz hier hochgestiegen, ohne dann etwas gesehen zu haben!«, japste sie.

»Die Aussicht ist *wirklich* toll!«, bestätigte der junge Mann und sah seinen Kollegen fragend an.

»Na gut«, lenkte der Ältere ein. »Wir überlassen euch den Schlüssel, wenn ihr uns versprecht, dass

ihr ihn nachher in der Jugendherberge wieder abgebt. Da hättet ihr euch übrigens auch einen holen können.«
Die drei Mädchen versprachen es und erklommen nacheinander die enge Wendeltreppe. Oben angekommen, öffnete Franzi die Klappe im Fußboden des Turmzimmers und kletterte als Erste durch das Loch.
»Mach die Bodenluke lieber gleich wieder zu«, sagte Kim zu Marie. »Das Zimmer ist so klein. Nicht, dass wir aus Versehen in das Loch treten!«
Marie schloss sorgsam die Klappe, richtete sich auf und war einen Moment lang sprachlos. Sie befanden sich in einem winzigen achteckigen Raum, der mit seinen fast nahtlos aneinandergereihten weißen Holzfenstern einen vollständigen Rundumblick bot. »Das ist ja megatoll hier oben!«, rief sie und drehte sich ausgelassen einmal um die eigene Achse. »Und man kann tatsächlich total weit gucken!«
»Von hier aus kann man den Leuchtturm sehen«, verkündete Franzi und lief sofort zum nächsten Fenster. »Und da den gesamten Westteil der Insel und den Hafen!«
»Leute, ich weiß nicht, wie es euch geht, aber nach der Fahrradtour und der Kletterei hier hoch muss

ich mich erst mal hinsetzen.« Erschöpft ließ sich Kim auf einen der zwei hölzernen Stühle sinken. Zusammen mit einem kleinen blauen Hocker bildeten sie das einzige Mobiliar des Raums. »Das ist ja wie für uns drei gemacht«, meinte sie. »Wir könnten hier oben glatt eine Clubsitzung abhalten!«
»Das müssen wir vielleicht auch«, sagte Marie und wies aus dem Fenster, das nach Westen auf die Nordsee hinausging.
Von dort aus konnte man normalerweise bis nach Spiekeroog sehen. Nun aber war die Nachbarinsel von einem grauen Regenvorhang verdeckt, der mit großer Geschwindigkeit auf Wangerooge zukam. In der dichten Wolkenwand sahen die drei !!! mehrere helle Blitze zucken. Gleich darauf dröhnten Donnerschläge herüber.
Eine Weile genossen Kim, Franzi und Marie das Naturschauspiel und beobachteten mehrere Austernfischer, die nahe am Turm vorbei in Richtung der Salzwiesen flogen. Vermutlich suchten sie ebenfalls Schutz vor dem drohenden Unwetter.
Dann wurde Marie plötzlich unruhig. »Habt ihr das auch gehört?«, fragte sie und fasste Franzi am Arm. »Da war eben so ein komisches Geräusch. Das war kein Donner. Mehr so ein Heulen!«

Kim und Franzi lauschten angespannt. Tatsächlich erklang erneut ein leises Heulen. Es wurde lauter und ebbte dann wieder ab, nur um danach auf unheimliche Weise wieder anzuschwellen.

»Das kommt gar nicht von draußen«, raunte Kim. »Sondern von unten, aus dem Dachstuhl des Turms.«

»Vielleicht ist es der Geist eines alten Piraten«, versuchte Marie zu witzeln, aber das eigene Lachen blieb ihr im Hals stecken. Sie schluckte trocken.

Der nächste Donnerschlag ließ die Fensterscheiben des Turmzimmers erzittern. Darauf folgte ein lautes Poltern. Und zwar direkt unter der Bodenklappe. Marie spürte, wie Furcht in ihr hochkroch. Ihr wurde kalt, und ihre Kehle fühlte sich plötzlich an wie zugeschnürt. »Da ist wirklich jemand«, krächzte sie.

»Aber bestimmt nicht der Geist eines Piraten«, erklärte Kim mit fester Stimme. Beherzt packte sie den Griff der Bodenluke, um sie zu öffnen. Aber die Klappe bewegte sich keinen Zentimeter. Kims Gesicht wurde schlagartig blass, und ihre Stimme kippte, als sie sagte: »Jemand muss sie von unten blockiert haben. Wir sitzen fest!«

Kapitel 7

»So leicht lassen wir uns nicht unterkriegen!«

KIM

Eingesperrt!

Franzi hockte sich neben Kim, und gemeinsam zogen sie mit aller Kraft am Griff der Bodenklappe. Doch die Luke saß fest.

»Vielleicht hat sich einfach irgendwas verklemmt«, flüsterte Marie.

»Kann sein«, antwortete Franzi. »Kann aber auch sein, dass uns jemand hierher zum Turm gefolgt ist.«

»Jemand, der mitbekommen hat, dass Gloria uns mit der Aufklärung der mysteriösen Vorfälle beauftragt hat, meinst du?« Kim nickte nachdenklich. »Und der uns hiermit einen Schrecken einjagen will, damit wir die Ermittlungen einstellen und ihn oder sie nicht überführen?«

»Genau das meine ich.« Franzi erhob sich und sah aus einem der Fenster. Sie wirkte entschlossen. »Mittlerweile ist es schon so dunkel, dass man leider nicht mehr erkennen kann, ob unten jemand aus dem Turm geht.«

»Geister *gehen* sowieso nicht«, brachte Marie hervor. Sie wusste noch nicht recht, welche der Möglichkeiten sie für schlimmer halten sollte: einen herumspukenden Piratengeist oder eine reale Person, die sie absichtlich eingesperrt hatte.

»Ich glaube, was wir jetzt brauchen, ist unser Powerspruch!«, sagte Franzi.

Den Powerspruch benutzten die Detektivinnen immer dann, wenn sie neue Energie nötig hatten.

»Wir sind *Die drei !!!*«, rief Kim und ballte kraftvoll die Faust. Dann streckte sie ihren Arm mit der Handfläche nach unten aus. »Eins!«, sagte sie.

»Zwei!« Franzi legte ihre Hand auf Kims.

Marie legte ihre Hand obenauf. Zu wissen, dass sie in dieser Situation nicht allein war, sondern ihre Freundinnen bei sich hatte, fühlte sich gut an. »Drei!«, sagte sie.

»Power!!!«, riefen die Mädchen, so laut sie konnten, und schleuderten mit Schwung ihre ausgestreckten Arme nach oben. Dann blickten sie sich gegenseitig an. Franzi sah immer noch grimmig aus, Kim grinste und Marie lächelte zaghaft.

»So leicht lassen wir uns nicht unterkriegen!«, erklärte Kim und zückte ihr Handy. »Wir rufen einfach unten in der Jugendherberge an.« Um die Nummer herauszukriegen, tippte sie *Jugendherberge* und *Wangerooge* in ihr Smartphone. »Mist! Hier ist kein Empfang!«

Franzi und Marie holten ebenfalls ihre Handys hervor, aber auch sie hatten kein Netz.

»Dann öffnen wir einfach eins der Fenster und rufen um Hilfe«, meinte Marie.

»Geht nicht«, sagte Franzi. »Die Fenstergriffe fehlen.« Sie zeigte auf die Löcher an den Stellen, wo normalerweise die Griffe saßen.

Kim, die sich in geschlossenen Räumen schnell unwohl fühlte, schluckte. »Okay, welche Möglichkeiten haben wir noch?«, fragte sie.

»Wir könnten mit unseren Handys nach unten zur Jugendherberge Lichtzeichen geben!«, schlug Marie vor. Sie setzte ihren Vorschlag sofort in die Tat um und blinkte mit ihrem Handy mehrere Male SOS aus dem Fenster. Kim und Franzi morsten unterdessen in die anderen Richtungen.

Dann setzten sich die drei !!! und warteten. Als nach mehreren Minuten nichts geschah, wiederholten sie ihre Aktion. Allerdings rührte sich wieder nichts.

»Da wir keinen Empfang haben, können wir leider auch nicht meinen Vater anrufen«, sagte Marie. »Der hätte uns sonst Hilfe schicken können.«

»Wir versuchen es einfach nachher noch einmal mit den SOS-Zeichen«, sagte Franzi.
»Aber was machen wir, falls wir tatsächlich eingesperrt wurden und derjenige zurückkommt?«, fragte Kim und sah sich nervös um. »Hier sitzen wir doch in der Falle!«
»Wenn jemand zu uns reinkommen wollte, hätte er das doch schon längst gemacht«, vermutete Marie. Aber so ganz sicher, wie sie tat, war sie sich nicht.
»Lasst uns doch tatsächlich erst einmal eine Clubsitzung abhalten«, schlug Franzi vor. »Das bringt uns auf andere Gedanken.«
Kim und Marie waren einverstanden.
Als alle drei saßen, zückte Kim ihr Notizheft. »Wir können ja mal zusammentragen, was uns noch zu dem Verdacht einfällt, dass Gloria selbst die Täterin ist«, schlug sie vor.
»Von all unseren Verdächtigen wäre es für sie selbst am einfachsten gewesen, den Seestern und die Muschel bei sich zu platzieren«, begann Franzi. »Allerdings weiß ich nicht, wann sie die Strandkrabbe auf ihren Koffer gesetzt haben sollte. Schließlich war sie die ganze Zeit mit Maries Vater zusammen vorm Hotel.«
»Trotzdem ist auffällig, dass weder die Tür ihres Hotelzimmers noch das Schloss ihrer Wohnmobil-

garderobe aufgebrochen waren«, meinte Kim. »Das haben wir ja überprüft.«
»Da es beides moderne Schlösser sind, die sich nicht so leicht mit einem Dietrich öffnen lassen, muss der Täter also entweder Schlüssel dafür besitzen«, folgerte Marie, »oder technisch sehr geschickt sein. So geschickt, dass er es hinbekommen hat, beim Öffnen keine Spuren zu hinterlassen.«
»Könnte es sein, dass die Maskenbildnerin einen Schlüssel zu Glorias Wohnmobilgarderobe hat?« Kim kaute auf ihrem Bleistift. »Die Schauspielerin wird ja schließlich dort von ihr geschminkt.«
»Das glaube ich nicht«, erklärte Marie. »Zum Wohnmobil meines Vaters hat sie jedenfalls keinen.«
»Das sollten wir klären«, sagte Kim und machte sich eine Notiz.
»Mir fällt noch etwas anderes ein!«, rief Franzi plötzlich. »Sventje hat doch gesagt, dass Gunnar ein gutes Händchen für Technik besitzt!«
»Also kann er vielleicht auch gut Schlösser knacken!« Marie nickte aufgeregt.
»Das macht ihn verdächtig.« Kim notierte es in ihrem Heft. »Und was fällt euch zu Gloria und den rosaroten Punkten ein?«, fragte sie.
»Sie trägt gern Nagellack«, dachte Marie laut nach.

»Aber wie Nagellack sehen die Flecken auf den Beweisstücken nicht aus.« Franzi schüttelte den Kopf. »Der hätte doch dickere Kleckse hinterlassen.«

»Als mein Vater den Zettel vorgelesen hat, habe ich Glorias Reaktion beobachtet«, erzählte Marie. »Sie wurde plötzlich ganz blass. Also muss irgendetwas an der Botschaft sie verstört haben. Erst als mein Vater gesagt hat, dass er glaubt, jemand hätte sich die Nachrichten nur ausgedacht, wurde Gloria wieder deutlich entspannter.«

»Du meinst, Gloria hat sich wegen des Inhalts der Botschaft ehrlich erschrocken?« Franzi knabberte an ihrer Unterlippe. »Weil sie etwas zu verbergen hat?«

»Andererseits ist sie Schauspielerin«, meinte Marie. »Vielleicht hat sie uns mit dieser Reaktion bloß verschaukelt.«

Kim klopfte mit dem Bleistift auf ihre Notizen. »Möglicherweise hängt ja auch Jannes irgendwie mit drin«, sagte sie. »Sein Streit mit Gloria auf der Fähre würde dafürsprechen.«

Franzi und Marie nickten zustimmend.

»Aber noch einmal zurück zu dem Gedanken, dass Gloria vielleicht selbst die Täterin ist«, fuhr Kim fort. »Ich finde, es gibt eine Sache, die dagegenspricht.«

»Welche denn?«, fragte Franzi.
»Der Seestern und die Muschel waren normale und sogar einigermaßen hübsche Dinge«, erläuterte Kim. »Es kann gut sein, dass Gloria sie gesammelt und auf ihre Sachen gelegt beziehungsweise an die Hoteltür gehängt hat. Aber eine Gloria, die sich mit einer müffelnden toten Strandkrabbe abgibt? Das kann ich mir irgendwie nicht vorstellen …«
»Da ist was dran«, meinte Marie, die sich bei der Erinnerung an das stinkende Meerestier immer noch schüttelte. »Die würde eher zu Gunnar passen.«
»Wobei mir gerade noch ein Gedanke kommt!«, sagte Kim.
Franzi und Marie beugten sich gespannt vor.
»Franzi hat die Krabbe doch vor Gunnars Hotelzimmertür gesetzt.« Kim sah Franzi und Marie eindringlich an. »Falls Gunnar tatsächlich der Täter sein sollte, muss er daraus folgern, dass wir ihm auf die Spur gekommen sind!«
Das Schweigen der drei Detektivinnen dauerte nur ein paar Sekunden, aber es kam ihnen viel länger vor.
Dann sagte Marie mit klopfendem Herzen: »Womit er einen Grund hätte, uns hier im Turm einzusperren.«

Kapitel 8

»Ich liebe diese Dinger!«

SVENTJE

Das Medaillon

Detektivtagebuch von Kim Jülich
Donnerstag, 11:34 Uhr
Franzi, Marie und ich sind auf dem Weg nach Helgoland. *Heute früh hat uns eine Fähre von Wangerooge zurück zum Festland gebracht, wo wir mit dem Bus bis Hooksiel gefahren sind. Von dort aus haben wir ein Schiff nach Helgoland genommen.*
Aus dem Westturm hat uns gestern jemand von der Jugendherberge befreit, nachdem wir noch einmal Notsignale mit den Lampen unserer Handys gegeben hatten. Die Leute von der Jugendherberge haben uns erzählt, dass bei starkem Wind manchmal ein geisterhaft klingendes Heulen durch den Turm pfeift. Ich hatte mir ja gleich gedacht, dass es sich nicht um Geister-Piraten handelt. Ob allerdings auch Marie davon überzeugt ist, weiß ich nicht genau. Jedenfalls wurden wir von niemandem eingesperrt. Wie sich herausstellte, war nur ein Holzteil verrutscht, das die

Handwerker nicht gut genug gesichert hatten. Deshalb war die Luke blockiert gewesen.

Geheimes Tagebuch von Kim Jülich
Donnerstag, 11:48 Uhr
Achtung! Das geheime Tagebuch von Kim Jülich zu lesen, ist streng verboten. Wer es trotzdem tut – besonders, wenn es meine beiden kleinen Brüder sind –, dem schicke ich nachts den gruseligsten Geist aller grausigen Strandpiraten!
Heute Nachmittag wird die erste der beiden Szenen gedreht, in denen Franzi, Marie und ich dran sind. Obwohl ich nur zwei klitzekleine Sätze sagen muss, bin ich vor Aufregung schon völlig fertig! Wäre ich doch bloß so locker wie Marie!

Fun Fact

Helgoland ist bekannt für den »Lummensprung«: Wenn die Küken der Trottellummen drei Wochen alt sind, springen sie zu tausenden von einer bis zu 50 Meter hohen Klippe zu ihren Eltern ins Wasser.

Sobald eine Kamera auf sie gerichtet ist, scheint sie richtig aufzublühen. Den Beruf als Schauspielerin könnte ich mir für sie sehr gut vorstellen. Hauptsache, sie wird dann nicht so wie Gloria von Glitterbach. Die wirkt auf mich immer ein bisschen überdreht.

6. Hochseeinsel Helgoland

Helgoland ist Deutschlands einzige Hochseeinsel und besitzt atemberaubend steile rote Klippen. Ihr Wahrzeichen, die Lange Anna, wird jedoch in absehbarer Zeit an seiner schmalsten Stelle in 20 Metern Höhe abbrechen. Helgoland ist außerdem für seine Rolle als Ruheplatz während des Vogelzugs bekannt.

Während Sventje, Gunnar und der Rest des Filmteams auf Helgoland alles für den Dreh vorbereiteten, hatten die drei !!! noch Zeit, in der

Hafenstraße an den berühmten Hummerbuden entlangzuschlendern. In diesen bunt bemalten Hütten flickten früher die Fischer ihre Netze und überholten im Winter ihre Boote. Mittlerweile beherbergten die Häuschen eine bunte Auswahl an kleinen Geschäften, Galerien und anderen Läden. Nachdem die Mädchen einige davon durchstöbert hatten, gönnten sich Franzi und Marie erst einmal einen Snack.
»Mhmm ... die geräucherte Makrele ist echt köstlich!« Marie knabberte genüsslich an ihrem Fischbrötchen.
»Mein Sandwich mit Algenpaste ist aber auch megaklasse«, schwärmte Franzi.
Kim hatte sich kein Brötchen gekauft. Sie brachte vor lauter Aufregung keinen Bissen runter. »Mein Magen fühlt sich an, als würde gerade ein ganzer Schwarm Möwen darin herumflattern!«, erklärte sie mit blassem Gesicht.
»Du wirst den Dreh schon hinkriegen!«, ermutigte Marie sie. »Schließlich brauchst du doch bloß ›Hallo, Herr Nielsen‹ und ›Ich möchte Melina zum Schwimmen abholen‹ zu sagen.«
»*Du* wirst deine Rolle als Melina sicher supergut rüberbringen«, seufzte Kim.

»Und du schaffst deine beiden Sätze auch!« Marie nahm ihre Freundin kurz in den Arm.
Kim brachte ein kleines Lächeln zustande. »Immerhin dürfen wir drei Freundinnen spielen«, sagte sie leise.
»Genau«, bekräftigte Franzi. »Zu wissen, dass wir ein unschlagbares Team sind, hat uns doch schon oft geholfen. Da kriegen wir das heute mit dem Dreh auch gemeinsam hin!«

Zweieinhalb Stunden später hatte Marie ihre zwei Szenen als Melina brillant gespielt, Franzi vier längere Sätze mühelos rübergebracht und sogar Kim war es gelungen, ihren kurzen Part flüssig und ohne Stottern zu meistern. Während der Drehpause standen die Mädchen am Rand des Sets. Kim verspeiste hungrig ein Brötchen mit warmem Backfisch und Remouladensoße.
Gunnar, der wieder seine *I-love-Gloria*-Kappe trug, beschäftigte sich mit Sventjes Kamera, die erneut ein Problem hatte. Sventje stand daneben und naschte frische Himbeeren aus einem Pappschälchen.
»Wollt ihr auch welche?« Sventje hielt den drei !!! das fast leere Schälchen hin. »Ich liebe diese Dinger!«, sagte sie.

Franzi und Marie nahmen sich je eine Himbeere. Kim beobachtete unterdessen die Hauptdarstellerin, die gerade auf ihren nächsten Einsatz wartete und dabei unablässig mit etwas spielte, das an ihrer langen, silbernen Halskette hing. »Seht mal, ich glaube, Gloria ist auch nervös«, raunte Kim ihren Freundinnen zu.

»Fragt sich bloß, ob es wegen des Drehs ist oder wegen dem, was Jannes ihr zuflüstert«, meinte Marie, als sie sich außer Hörweite von Gunnar und Sventje befanden.

Jannes stand neben Gloria und redete leise, aber eindringlich auf sie ein.

»Diese Kette scheint Gloria immer zu tragen«, stellte Franzi fest. »Seit wir unterwegs sind, ist sie mir schon öfter aufgefallen.«

»Nur dass sie den Anhänger bisher immer unter ihrer Bluse oder einem Shirt verborgen hatte«, sagte Marie. »Nicht nur beim Dreh, sondern auch in ihrer Freizeit.«

»Ich denke, ich sehe mir die Sache mal unauffällig an«, beschloss Marie. »Vielleicht kriege ich bei der Gelegenheit auch mit, was Jannes ihr erzählt.«

»Sollen wir mitkommen?«, fragte Franzi.

Marie schüttelte den Kopf. »Vermutlich ist es besser,

wenn ihr hierbleibt«, sagte sie. »Allein kann ich mich unauffälliger an die beiden heranschleichen. Außerdem sollte jemand Gunnar im Auge behalten.«
»Das Gleiche gilt für Arjen.« Mit ihrem Fischbrötchen deutete Kim unauffällig auf den Meeresbiologen. Der stand hinter dem Absperrband, beobachtete die Dreharbeiten und sprach dabei unablässig in sein Handy.
»Dann haben wir ja alle Verdächtigen zusammen.« Franzis Augen blitzten erwartungsvoll.

Marie schlenderte ums Set herum und tat so, als würde sie ihrem Vater zusehen, der gerade eine Szene probte. In der Nähe von Jannes und Gloria blieb sie stehen. Die zwei sprachen sehr leise, weshalb Marie sie zunächst nicht verstehen konnte. Unauffällig schob sie sich noch weiter heran. Das Risiko, von den beiden entdeckt zu werden, war nun zwar größer, aber so bekam sie immerhin ein paar Satzfetzen mit.
Es war hauptsächlich Jannes, der sprach. »… gefährlich für dich«, hörte Marie ihn sagen. Und: »… euer Reichtum …« Und dann: »Früher hast du auch auf mich gehört.«

Mit diesem letzten Satz schien es Gloria offenbar zu viel zu werden. »Lass mich in Ruhe damit!«, schnappte sie und stürmte davon, zum Pavillon der Maskenbildnerin.

Während Gloria sich die Nase pudern ließ, spielte sie weiterhin gedankenversunken mit ihrer Kette. Marie stellte sich unauffällig an den Tisch mit den Schminkutensilien und tat, als ob sie sich dafür interessieren würde. In Wirklichkeit schielte sie zu Glorias Kettenanhänger hinüber und konnte erkennen, dass es sich um ein silbernes Medaillon handelte, auf dem ein dreimastiges Segelschiff eingeprägt war. Als die Maskenbildnerin sich kurz von Gloria wegdrehte, um nach einem bestimmten Make-up zu suchen, klappte Gloria das Medaillon auf.

Marie blieb die Luft weg. Im Medaillon lag ein fingernagelgroßer, leuchtend roter Edelstein!

»Du darfst dir meine Sachen gerne angucken, aber fass bitte nichts an«, sagte die Maskenbildnerin freundlich zu Marie.

Da hob Gloria so plötzlich den Kopf, als sei sie gerade aus tiefen Gedanken hochgeschreckt. Als sie Maries Blick bemerkte, schloss sie hastig das Medaillon und verbarg es unter ihrer Bluse. Marie gelang es dennoch, auch einen Blick auf seine Rückseite zu erhaschen. Vor lauter Überraschung über das, was sie dort sah, riss sie die Augen auf: Es war ein Totenkopf über zwei gekreuzten Knochen!

> **Fun Fact**
>
> Warum stehen am Strand von Helgoland zwei Fußgängerampeln im Sand, obwohl es dort gar keine Autos gibt? Antwort: Hier liegt die Einflugschneise der startenden und landenden (Privat-) Flugzeuge.

Als Marie zu Kim und Franzi zurückeilte, kam sie an Arjen vorbei. Er sprach nun nicht mehr in sein Smartphone, hielt es aber immer noch auf Brusthöhe in der Hand. Marie kam es vor, als mache er eine Videoaufnahme.

Als sie näher kam, tippte der Biologe schnell zweimal hintereinander aufs Display und ließ das Handy dann sinken. »Hey, wie läuft's?«, fragte er lächelnd. »Wart ihr mit eurem Dreh schon dran?«

Marie blieb kurz stehen. »Ja, und es hat alles super geklappt!«, antwortete sie.

Jetzt kamen auch Kim und Franzi herüber. Arjen nahm seinen Rucksack ab. »Ich hole mir schnell ein Eis«, verkündete er und kramte sein Portemonnaie hervor. »Möchte jemand von euch auch eins?«

Franzi und Marie lehnten dankend ab, aber Kim, die ihr Fischbrötchen mittlerweile aufgegessen hatte, nickte lebhaft. Nachdem sie den heutigen Dreh gut überstanden hatte, schien ihr gesunder Appetit zurückgekehrt zu sein.

»Sollen wir auf deine Sachen aufpassen?«, fragte Kim und streckte hilfsbereit die Hand nach Arjens Rucksack aus.

Arjen sah unentschlossen zwischen Kim und seinem Rucksack hin und her. »Na gut«, sagte er dann zögerlich.

Kim hängte sich den Rucksack über die Schulter, und der Meeresbiologe verschwand in Richtung Eisstand.

»Hey, guckt mal! Was ist das denn?« Marie starrte wie gebannt auf Arjens Rucksack. Dessen Reißverschluss stand ein Stück offen, und die drei !!! konnten die obere Ecke eines Buches erkennen, das eine ziemlich große Ähnlichkeit mit Glorias Biografie aufwies.

Die Detektivinnen sahen sich gegenseitig an und schauten dann alle drei zu Arjen hinüber. Der junge

Biologe stand mit dem Rücken zu ihnen an der Eisbude.
»Ich finde, wir sollten einen Blick riskieren«, raunte Kim und öffnete den Reißverschluss. Sie zog das Buch ein paar Zentimeter weit heraus.
»Ich werd verrückt!«, rief Franzi aus. »Es ist tatsächlich Glorias Biografie!«
»Ihr redet über Glorias Biografie?« Von den drei !!! unbemerkt war Helmut Grevenbroich hinzugetreten.
Hastig ließ Kim das Buch wieder in den Rucksack gleiten und zog den Reißverschluss zu.
»Gloria ist wirklich eine fantastische Schauspielerin«, sagte Maries Vater. »Leider weiß sie das selbst gar nicht.« Er schüttelte betrübt den Kopf.
»Wie meinst du denn das?«, fragte Marie. »Auf mich macht sie einen recht selbstbewussten Eindruck.«
»Damit täuscht sie bloß über ihre Unsicherheit hinweg«, erklärte Helmut Grevenbroich. »Was ich bei diesem Dreh allerdings schade finde«, fuhr er fort, »ist, dass eine der beiden Kamerafrauen, Sventje, für Gloria manchmal etwas ungünstige Einstellungen wählt. Tom Behrmann, der Regisseur, hat sie dafür schon gerügt, und es mussten einige Szenen wiederholt werden!«

»Ich habe Sventje schon mal über Gloria schimpfen hören«, erzählte Franzi. »Weil die ständig im Mittelpunkt stehen will. Vielleicht ärgert sich Sventje darüber, dass immer nur die Leute *vor* der Kamera Aufmerksamkeit erhalten und nie die *dahinter*.«

»In ihrer Biografie steht übrigens, dass Gloria von Glitterbach tatsächlich aus einer sehr reichen und vornehmen Familie stammt«, sagte Marie. Helmut Grevenbroich nickte. »Die anderen Menschen gegenüber wohl immer sehr großzügig war«, sagte er. »Das habe ich auch gelesen.«

»Moin, Herr Grevenbroich! Schön, Sie kennenzulernen!« Arjen kam mit zwei Eistüten in den Händen heran. Als er merkte, dass er Maries Vater nicht die Hand geben konnte, übergab er Kim schnell ihr Eis.

Helmut Grevenbroich lachte und schlug Arjen herzlich auf die Schulter.

»Papa, das ist Arjen, von dem ich dir schon erzählt habe«, sagte Marie.

Arjen zog in Windeseile sein Smartphone hervor. »Kann ich mit Ihnen ein Selfie machen?«, bat er.

Marie legte nachdenklich die Stirn in Falten, und auch ihre Freundinnen wirkten überrascht. Vor Kurzem noch hatte Arjen behauptet, er hätte weder von

Gloria noch von Maries Vater je etwas gehört, und jetzt hatte er Glorias Biografie im Rucksack und wollte mit Helmut Grevenbroich ein Selfie haben? Wie passte das zusammen?

Kapitel 9

»Ist euch der Klunker an Glorias Hand aufgefallen?«

KIM

Piraten und ihre Schätze

Gegen Abend befanden sich Kim, Franzi und Marie mit einem Teil des Filmteams auf der Fähre nach Büsum. Der andere Teil hatte die Fähre zurück nach Hooksiel genommen, um noch spätabends den Bus und die anderen Fahrzeuge auf dem Landweg nach Nordfriesland zu bringen. Arjen wollte sich ihnen mit seinem Campingbus anschließen.

Die Freundinnen hatten es sich im Inneren der Fähre gemütlich gemacht, denn draußen herrschte gerade das berüchtigte norddeutsche *Schietwetter*. Außerdem war es ziemlich windig, weshalb das Schiff immer mal wieder ein wenig schlingerte. Gloria saß allein an einem der anderen Fenster und blickte hinaus. Sie sah etwas grün um die Nase aus. Sventje dagegen schien der Seegang nichts auszumachen. Sie löffelte mit Appetit einen Teller Aalsuppe und hatte sich als Nachtisch wieder ein Schälchen Himbeeren bereitgestellt.

»Ich finde es schon komisch, dass Arjen immer genau dort auftaucht, wo auch der Dreh gerade stattfindet.« Franzi kuschelte sich in die Ecke ihrer gepolsterten Bank.

Fun Fact

Fische können nicht nur Schall wahrnehmen, also »hören«, sondern auch verschiedene Laute von sich geben. Manche knurren, andere zirpen und einige tröten sogar wie ein Nebelhorn.

»Und das, obwohl er sich angeblich gar nicht dafür interessiert.« Kim riss eine Packung Marzipan-Möweneier auf, die sie vor dem Besteigen der Fähre gekauft hatte.

»Dabei hat er sogar Glorias Biografie im Rucksack und wollte unbedingt mit meinem Vater ein Selfie machen!« Marie runzelte ihre Brauen. »Außerdem hatte ich den Eindruck, dass er mit seinem Smartphone heimlich am Set gefilmt hat.«

»Das alles zusammen ist ziemlich verdächtig, finde ich.« Kim legte ihr Notizbuch auf den Tisch und

schrieb die genannten Punkte auf eine Seite, die sie mit ›Arjen‹ überschrieben hatte.

»Aber was könnte sein Motiv sein?«, fragte Franzi und nagte an ihrer Unterlippe.

Marie nahm sich ein Möwenei. »Mir fällt momentan keins ein«, sagte sie.

»Mir auch nicht«, meinte Franzi. »Was haltet ihr davon, wenn wir bei der nächsten Gelegenheit mal Arjens Campingbus durchsuchen? Vielleicht finden wir dort ja etwas, das auf ein Motiv hinweist.«

»Okay, das machen wir«, stimmte Marie zu.

Kim nickte ebenfalls.

»Die Maskenbildnerin hat übrigens keinen Schlüssel zu Glorias Wohnmobil«, erzählte Marie nach einer Weile. »Ich hatte meinen Vater gebeten, sie danach zu fragen.«

»Ich gehe davon aus, dass der Täter oder die Täterin einen ganz bestimmten Plan verfolgt.« Franzi zog ihre Knie auf die Bank und schlang ihre Arme darum. »Zuerst sollte Gloria durch den Seestern und die Muschel verunsichert werden, und dann kamen die mysteriösen Nachrichten hinzu.«

»Es dauert vermutlich nicht mehr lange, bis wieder etwas passiert«, mutmaßte Marie.

»Was die Botschaften angeht, wissen wir nicht, ob

sie für Gloria wirklich genauso rätselhaft sind wie für uns«, warf Franzi ein. »Lasst uns doch den zweiten Teil mal genauer untersuchen.«
Kim zückte ihr Handy und las vor: »*Gold und Geschmeide habt ihr geräubert, auch Silber und so manch' edlen Stein. Ein Schatz, unsagbar wertvoll, soll es geworden sein.*«
»Ein Schatz …«, überlegte Marie. »Das würde zu dem Edelstein passen, den ich in Glorias Medaillon entdeckt habe!«
»Ein Edelstein in einem Medaillon – das ist wirklich ungewöhnlich.« Franzi nickte ernst.
Kim legte ihr Handy hin. »Ist euch beim Abendessen in Greetsiel der Klunker an Glorias Hand aufgefallen?« Sie griff nach der Tüte mit den Möweneiern und stopfte sich gleich zwei davon in den Mund.
»Ihr glaubt also, dass sich Gloria einen Schatz zusammengeräubert hat?«, fragte Marie.
»Vielleicht nicht sie persönlich«, erwiderte Franzi. »Der Inhalt der Botschaften und auch die eigenartige Ausdrucksweise deuten für mich eher auf etwas hin, das in einer früheren Zeit passiert ist.«
Kim griff erneut nach ihrem Handy. »In der ersten Nachricht steht: ›*Halunken und Strandpiraten ihr einst wart*‹«, sagte sie.

»Und auf dem zweiten Zettel heißt es, ›*habt ihr geräubert*‹.« Marie zog grüblerisch ihre Stirn kraus. Die Gedanken hüpften wie Sandgarnelen in ihrem Kopf herum. »Ob damit vielleicht Glorias Vorfahren gemeint sind?«, überlegte sie.
»Aber Gloria hat uns doch erzählt, dass sie aus Berlin kommt«, gab Franzi zu bedenken.
»Und in ihrer Biografie steht, dass ihre Familie schon immer in Berlin gewohnt hat.« Marie schüttelte verwirrt den Kopf.
Einen Moment lang schwiegen die drei !!!.
»Also irgendetwas stimmt hier nicht«, meinte Kim schließlich.
»Auf jeden Fall scheint Gloria ein Geheimnis zu haben«, stellte Franzi fest. »Und wir wären nicht die drei !!!, wenn wir das nicht herausbekommen würden!«

Nachdem der Regen aufgehört hatte, gingen Kim, Franzi und Marie an Deck. Vorne, am Bug des Schiffs, stand Jannes und ließ sich den Wind um die Nase wehen. Die Mädchen stellten sich neben ihn. Die Fähre stampfte kraftvoll durch das unruhige Wasser, und von Zeit zu Zeit sprühte die Gischt bis zu ihnen an Deck herauf.

»Wenn die See so *kabbelig* ist, habe ich sie am liebsten«, erklärte Jannes. Der ansonsten eher ruppige Friese hatte einen beinahe sehnsuchtsvollen Ausdruck in den Augen.
»Ich glaube, Gloria ist da anderer Meinung«, sagte Marie. »Die sitzt unter Deck und sieht ganz grün aus.«

Jannes lachte ein heiseres Lachen. »Ihr *Landratten* denkt immer, wir Leute von der *Waterkant* seien alle seefest«, knurrte er nicht unfreundlich. »Aber manche von uns haben lieber festen Boden unter den Füßen als die schwankende See.«
Marie knuffte Kim und Franzi unauffällig in die Seite. Wieso sprach Jannes von Gloria, als ob sie, genauso wie er selbst, von der Küste käme? »Kennst du Gloria von früher?«, wagte sie einen Vorstoß.
Jannes blickte sie erschrocken an. »Ich gehe mal runter, um ihr Gesellschaft zu leisten«, brummte er. »Hab sowieso schon zu viel gesabbelt!« Damit wandte er sich um und ging zur Treppe, die zum unteren Deck führte.
»Zu viel reden tut *der* wirklich nicht«, stellte Kim fest.
»Aber trotzdem hat er uns zwei entscheidende Hinweise gegeben«, bemerkte Franzi. »Erstens, dass

Gloria möglicherweise gar nicht aus Berlin kommt. Und zweitens, dass das – falls es wirklich so ist – niemand wissen soll. Oder was sonst bedeutet die Behauptung, er hätte schon *zu viel* gesabbelt?«

»Das klingt schlüssig«, bestätigte Marie.

»Was das ›Sabbeln‹ angeht, ist Arjen wesentlich fleißiger«, meinte Kim. »Wenn er den Dreharbeiten zusieht, telefoniert er dabei ziemlich oft. Das ist doch auch irgendwie merkwürdig, oder?«

»Ein bisschen komisch ist das wirklich«, erwiderte Marie. Dann sahen sie und ihre Freundinnen eine Weile auf die Wellen. Der Wind hatte nachgelassen, und an *backbord* kam ihnen ein Fischkutter entgegen, der gerade von Büsum her zum Nachtfang auslief.

»Ist das nicht wunderschön?« Helmut Grevenbroich war an die drei !!! herangetreten und hatte einen Arm um seine Tochter gelegt.

»Ja, echt herrlich!«, erwiderte Marie. Entspannt schmiegte sie sich an ihren Vater und genoss den Anblick des im frühen Abendlicht glitzernden Wassers.

»Es ist wundervoll, dass ihr drei mich auf dieser Reise begleitet«, sagte Helmut Grevenbroich zu den Mädchen. »Darüber freue ich mich wirklich sehr!«

Beim Verlassen der Fähre sprach Gunnar die Freundinnen an. Sein Verhalten ihnen gegenüber hatte sich trotz der Sache mit der Strandkrabbe nicht verändert. Vielleicht waren die drei !!! mit ihren Überlegungen ja doch auf dem Holzweg gewesen. Ihr Hauptverdächtiger war momentan ohnehin Arjen.

»Freut ihr euch auch schon auf eine anständige Portion Labskaus nachher?«, wollte Gunnar wissen.

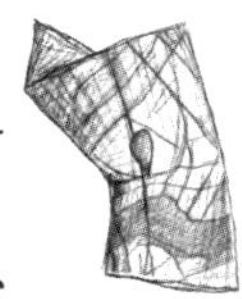

»Ist das nicht dieses komische Gericht aus Kartoffelmus und Corned Beef?«, fragte Franzi.

»Genau!« Gunnar nickte lebhaft. »Davon möchte ich einen riesigen Berg auf meinem Teller haben. Plus obendrauf ein Spiegelei und eine Handvoll Sardellen. Am allerliebsten mag ich aber die Rote Bete, die es immer dazu gibt!« In froher Erwartung leckte er sich über die Lippen.

Jannes, der vor Gunnar ging, drehte sich um. »Dann pass mal auf, dass du dir beim Essen nicht dein Hemd bekleckerst, *min Jung*!«, sagte er. »Flecken von Roter Bete gehen schlecht wieder raus.«

Einige Zeit später, nach einem kurzen Abendessen im Restaurant ›Piratennest‹, fielen Kim, Franzi und Marie todmüde in ihre Hotelbetten. Gleich morgen früh wollten sie versuchen, einen genaueren Blick in Arjens Campingbus zu werfen. Der Meeresbiologe machte zwar einen supernetten Eindruck, aber momentan sprachen die meisten Hinweise gegen ihn.

Kapitel 10

»Na, dann viel Erfolg beim Ermitteln!«

JANNES

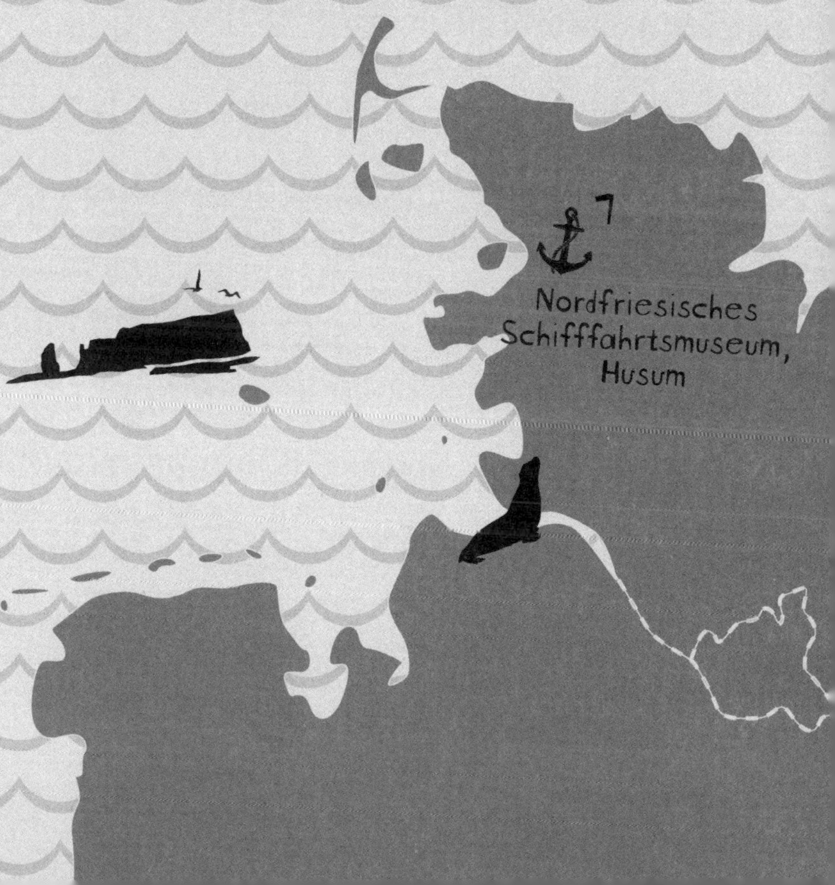

Die Geheim-aktion

Am nächsten Morgen liefen Kim, Franzi und Marie gleich nach dem Frühstück zu Arjen. Der hatte seinen Campingbus in der Nähe der Filmfahrzeuge geparkt. Das gesamte Team wollte demnächst weiter nach Husum fahren, wo der heutige Dreh stattfinden sollte.

»Guten Morgen, Arjen!«, grüßten Kim, Franzi und Marie.

»Moin, ihr drei!« Arjen, der mit einem Becher Kaffee auf einem Liegestuhl vor seinem offenen Wagen saß, gähnte herzhaft. »Entschuldigt«, sagte er. »Aber ich bin gestern Abend erst sehr spät angekommen. Für eine anständige Unterhaltung bin ich noch nicht zu gebrauchen. Ich würde mich lieber noch etwas ausruhen.«

»Kein Problem«, erwiderte Marie und versuchte, sich ihre Enttäuschung nicht anmerken zu lassen. Das passte jetzt natürlich überhaupt nicht in ihren Plan!

Die drei !!! hatten nämlich besprochen, dass Franzi Arjen in ein Gespräch über Nordsee-Tiere verwickeln sollte, während Kim und Marie heimlich seinen Kleinbus durchsuchten.
»Mist!«, wisperte Franzi, als sie sich ein Stück von Arjen entfernt hatten. »Was machen wir jetzt?«
»Abwarten«, entschied Kim. »Vielleicht haben wir Glück und er schläft in seinem Stuhl ein.«
Und tatsächlich hatte Arjen ein paar Minuten später die Augen geschlossen und schnarchte leise vor sich hin.
»Das ist unsere Chance!«, wisperte Marie.
Behutsam schlichen sich die Detektivinnen an den Campingbus heran. Genau in dem Moment, als sie an Arjen vorbeikamen, drehte er sich in seinem Liegestuhl um. Die Angst, dass der Biologe ausgerechnet jetzt wieder aufwachte, ließ Marie das Herz bis zum Hals klopfen. Aber die drei !!! hatten Glück: Arjen schlief weiter.
Kim, Franzi und Marie spähten in den Campingbus.
»Da liegt Glorias Biografie auf dem Tisch!«, flüsterte Marie.
»Das Buch sieht ziemlich neu aus«, meinte Kim.
Franzi griff sich die Biografie. »Ob Gloria eine Signatur hineingeschrieben hat?«, überlegte sie und

schlug es auf. »*Für Schnuffelchen*«, las sie erstaunt vor. »*Deine Gloria.*«

»Für Schnuffelchen?« Maries Blick glitt zum schnarchenden Arjen hinüber. »Das wird ja immer merkwürdiger.«

»Hier ist noch etwas Interessantes«, raunte Kim, die unterdessen den Küchenbereich des Kleinbusses in Augenschein genommen hatte. In der einen Hand hielt sie einen leeren Becher und darüber in der anderen einen baumelnden Teebeutel. »Erdbeertee.« Kim stellte den Becher ab und öffnete den Hängeschrank über den Herdplatten. »Davon stehen fünf Packungen im Schrank!«, wisperte sie.

»Erdbeertee macht bestimmt astreine rosa Flecken«, flüsterte Franzi.

Die drei !!! sahen sich alarmiert an.

Da fiel Maries Blick auf Arjens Smartphone, das auf der Sitzbank lag. »Normalerweise tun wir so etwas ja nicht«, sagte sie, »aber ich finde, mittlerweile ist Arjen dermaßen verdächtig, dass wir sein Handy checken sollten!«

Kim und Franzi zögerten, waren dann aber einverstanden.

Marie nahm das Handy hoch. Es war nicht geschützt und ließ sich daher problemlos öffnen.

»Wir sehen uns nur die Videos an, die er gemacht hat«, erklärte Marie. »Nichts anderes.«

»Stell aber den Ton ab, damit er nicht aufwacht!«, mahnte Kim.

Wenige Minuten später hatten sich die drei !!! in mehrere der von Arjen aufgenommenen Videos geklickt und festgestellt, dass eine Person darauf besonders häufig zu sehen war: Gloria von Glitterbach!

»Wir haben genug gesehen«, flüsterte Franzi schließlich. »Lasst uns schnell noch ein paar Fingerabdrücke nehmen und dann abhauen. Bevor Arjen uns doch noch erwischt!«

Doch der ließ nur einen weiteren Schnarcher hören. Davon, was in seinem Campingbus geschah, bekam er nicht das Geringste mit.

Am Nachmittag machten Kim, Franzi und Marie einen Stadtbummel durch Husum. Anschließend besuchten sie gemeinsam mit Maries Vater, der zwei Stunden Drehpause hatte, das *Schifffahrtsmuseum Nordfriesland*. Das Abendessen fand dann mit dem gesamten Filmteam in einem mit Ankern, Netzen, Tauen und sonstigen maritimen Gegenständen dekorierten Restaurant statt. Am Nebentisch der

7. Nordfriesisches Schifffahrtsmuseum

Am Husumer Hafen befindet sich das Schifffahrtsmuseum Nordfriesland. Hier sind jede Menge Objekte aus Seefahrt und Walfang ausgestellt. Unter anderem ein Rentiergeweih, das vor 6.000 Jahren als Werkzeug benutzt wurde, um ein steinzeitliches Fellboot zu bauen.

drei !!! saßen Jannes und Gloria und tuschelten schon wieder aufgeregt miteinander.

»Der Zettel, der da halb verdeckt unter Glorias Hand liegt«, sagte Marie leise, »sieht ziemlich genau so aus wie die beiden mit den rätselhaften Nachrichten, findet ihr nicht auch?«

»Wollen wir Gloria darauf ansprechen?«, fragte Kim.

»Ich bin dafür«, erwiderte Franzi. »Schließlich hat sie uns offiziell mit dem Fall beauftragt. Deshalb sollte sie uns auch mit sämtlichen Hinweisen versorgen, die sie hat.«

»Dann los!« Marie schob ihren Stuhl zurück.
»Hallo, Gloria. Hallo, Jannes.«
»Hallo, Mädchen«, sagte Gloria und versuchte, den Zettel unauffällig noch etwas weiter unter ihre Hand zu schieben.
»Gibt's irgendwas Neues vom geheimnisvollen Verfolger?«, fragte Marie. Ihr Blick glitt kurz zu dem Zettel unter Glorias Hand. »Eine dritte Botschaft, zum Beispiel?«
»Äh ... nein«, antwortete Gloria mit unschuldigem Gesichtsausdruck.
»Falls es doch so ist, solltest du es uns sagen«, erklärte Kim selbstbewusst.
»Je mehr wir wissen, umso besser können wir ermitteln und umso schneller bist du deinen unheimlichen Besucher wieder los«, ergänzte Franzi.
»Ansonsten verfolgt er dich vielleicht noch ewig!« Beschwörend blickte Marie Gloria an.
»Gloria hat mir von der Sache erzählt«, mischte sich Jannes ein und verzog grimmig den Mund. »Glaubt ihr Mädchen wirklich, dass ihr da etwas ausrichten könnt?«
Gloria musterte die Detektivinnen unsicher. Der Schauspielerin war anzusehen, dass ihre Angst vor dem geheimnisvollen Verfolger mindestens genauso

groß war wie ihre Bedenken, den drei !!! die Botschaft zu zeigen.
»Na gut, dann gib ihnen die Nachricht!«, forderte Jannes sie schließlich auf und seufzte resigniert.
Gloria gab Franzi den Zettel. »Den habe ich heute Vormittag während der Drehpause in meinem Wohnmobil gefunden«, murmelte sie.
Franzi hielt das Papier so, dass auch Kim und Marie lesen konnten, was darauf stand:

Dein Buch steckt voller Glanz und Gloria,
aber gelogen ist so mancher Satz.
Doch niemand wird dies je erfahren,
wenn du mir abgibst von dem Schatz!

»Es geht tatsächlich um Erpressung!«, stieß Marie hervor.
»Das glaube ich nicht«, erklärte Gloria, aber ihre Stimme zitterte ein wenig. Dann stand sie ohne ein weiteres Wort auf und schob sich zwischen den drei !!! hindurch zum Ausgang.
Jannes seufzte und sah plötzlich ganz traurig aus. »Na, dann viel Erfolg beim Ermitteln!«, sagte er. »Ich selbst jedenfalls weiß, was ich zu tun habe.« Dann folgte er Gloria ins Hotel.

Nachdem Kim, Franzi und Marie den Zettel mit der neuen Botschaft auf rosa Flecken, Fingerabdrücke und weitere Spuren untersucht, aber nichts gefunden hatten, machten sie einen Spaziergang durch Husum. Sie waren erst ein paar Schritte gegangen, als sie Jannes am Hafenbecken entlanghasten sahen.

»Der sieht nicht so aus, als ob er nur einen abendlichen Bummel macht«, meinte Kim.

»Wollen wir hinterher?«, fragte Franzi.

»Klar!« Marie hatte sich bereits in Bewegung gesetzt.

Jannes entfernte sich vom Hafenbecken und bog kurz danach in eine Querstraße ein. Die Detektivinnen folgten ihm unauffällig. Nach drei weiteren Richtungswechseln betrat Jannes einen kleinen Friedhof.

»Mist, hier kann man sich kaum verstecken!«, flüsterte Franzi.

»Lasst uns erst einmal abwarten, was Jannes macht«, schlug Kim flüsternd vor.

Die drei !!! sahen Jannes an einer recht breiten Grabstelle stehen bleiben. Er blickte kurz auf den großen Grabstein, murmelte etwas Unverständliches und verschwand dann durch den Ausgang auf der anderen Seite des Friedhofs. Sobald er außer Sicht war, liefen Kim, Franzi und Marie zum Grab. Der Stein war alt und verwittert, aber das Relief darauf noch recht deutlich zu erkennen: Es handelte sich um einen Totenschädel mit gekreuzten Knochen über einem dreimastigen Segelschiff! Dazwischen war ein Spruch in den Stein gemeißelt:

Halunken und Strandpiraten ihr einst wart,
locktet zahlreiche Schiffe ins Verderben.
Elend und Schrecken brachtet ihr viel,
ganze Mannschaften mussten sterben.

»Der Spruch von der ersten Nachricht!«, rief Franzi aus.
»Und das Relief ist das Gleiche wie auf Glorias Medaillon.« Marie wurde vor Aufregung ganz heiß.
»Hier stehen gar keine Namen von Verstorbenen auf dem Stein«, stellte Kim fest.
»Doch, hier hinten.« Franzi war um den Stein herumgegangen. Dort waren mehrere Namen sowie Geburts- und Sterbedaten vermerkt. Die meisten der Nachnamen lauteten *Knudsen*.
»Es scheint so etwas wie ein Piratengrab zu sein«, überlegte Marie.

»Und ist der Beweis dafür, dass die Botschaften, die Gloria bekommt, tatsächlich irgendetwas mit ihr persönlich zu tun haben.«

»Achtung! Jannes kommt zurück!« Kim hatte aus dem Augenwinkel bemerkt, dass der Setberater wieder im Anmarsch war. Dieses Mal hatte er einen weiteren Mann im Schlepptau.

»Schnell, hinter den Busch!« Marie und ihre Freundinnen quetschten sich hinter einen zwar niedrigen, aber dichten grünen Strauch.

»Dies ist das Grab, das ich dir zeigen wollte«, hörten die drei !!! Jannes sagen. »Hier liegen einige Familienmitglieder von Gesa. Alle zusammen Strandpiraten!«

»Und Gesa Knudsen hat sich einen Künstlernamen zugelegt, sagst du?« Der andere Mann klang erstaunt. »Sie nennt sich jetzt *Gloria von Glitterbach*?«

»Genau«, antwortete Jannes. »Dass sie aus einer Familie stammt, deren Mitglieder über Jahrhunderte hinweg heimtückisch Schiffe ausgeräubert hat, ist Gesa äußerst unangenehm. Blöderweise hat sie diese unrühmliche Vergangenheit in ihrer Biografie aber nicht einfach nur verschwiegen.« Hier brach Jannes ab.

»Sondern?«, hakte sein Begleiter nach.
»Stattdessen behauptet sie, ihre Familie sei schon immer besonders wohltätig und großzügig gewesen.« Jannes stöhnte leise.
Dann herrschte eine Weile Stille, in der die drei !!! nur das wenige hundert Meter entfernte Meer rauschen und ein paar Vögel auf dem Friedhof singen hören konnten.
»Und mit dem Schatz bist du auch sicher?«, fragte der Mann schließlich.
»*Ganz* sicher«, bekräftigte Jannes. »Gesas Familie hat über die Zeit hinweg einen enormen Schatz angehäuft. Soweit ich weiß, haben sie das allermeiste davon längst zu Geld gemacht. Aber ein paar Stücke besitzt Gesa noch. Deshalb habe ich dich dazugeholt.«
Ihr Gespräch leise fortführend, wandten sich Jannes und der andere Mann vom Grab ab und verließen den Friedhof. Für einen Moment war wieder nur das Vogelgezwitscher zu hören.
»Habt ihr das gehört?« Marie atmete tief durch. Sie hatte das Gefühl, vor lauter Anspannung die ganze Zeit die Luft angehalten zu haben.
»Gloria von Glitterbach heißt in Wirklichkeit Gesa Knudsen!«, stieß Kim hervor.

»Und sie stammt aus einer Strandräuberfamilie«, ergänzte Franzi. »Die sich einen gewaltigen Schatz ergaunert hat!«

Detektivtagebuch von Kim Jülich
Freitag, 21:17 Uhr
Wir haben etwas über Gloria herausgefunden. Sie heißt eigentlich Gesa Knudsen *und ihre Vorfahren waren berüchtigte Strandpiraten! Was bedeutet, dass sie ganz bestimmt nicht aus Berlin kommen, so wie Gloria – alias Gesa – behauptet. Noch aufregender finde ich allerdings die Sache mit dem Schatz. Kein Wunder, dass die Familie so reich ist, wenn sie mehrere Jahrhunderte lang andere Leute ausgeraubt hat! Dabei steht doch in Glorias Biografie, dass ihre Familie immer besonders großzügig war. Mittlerweile frage ich mich, was in ihrem Buch überhaupt stimmt!*
Jannes hat mit dem Mann auf dem Friedhof über den Schatz gesprochen. Ob er sich mit ihm zusammen etwas davon unter den Nagel reißen will?
Auf jeden Fall können wir uns jetzt denken, woher der goldene Ring mit dem riesigen Klunker stammt, den Gloria neulich beim Abendessen getragen hat. Und vielleicht gehört der leuchtend rote Edelstein in ihrem Medaillon ja auch zum Schatz!

Geheimes Tagebuch von Kim Jülich
Freitag, 21:42 Uhr
Ahoi, ihr lausigen Landratten! Dieses Tagebuch ist so geheim wie der geheimste Schatz aller Strandräuber! Wer trotzdem wagt, es zu lesen, wird mit einem Fluch belegt und muss drei Wochen lang jeden Tag Fischbrötchen mit gebratenen Quallen essen!
Der Möwenschwarm in meinem Bauch ist wieder da. Das hat allerdings nichts mit Fischbrötchen zu tun, sondern damit, dass morgen auf Sylt unser nächster Auftritt beim Dreh ist. Marie hat sogar mehrere Szenen, während Franzi und ich nur einmal ganz kurz dran sind. Hoffentlich klappt alles so gut wie beim letzten Mal!

Kapitel 11

»Gunnar ist ein bisschen crazy, da habt ihr recht.«

GLORIA

Neue Hinweise

Am nächsten Tag fuhren sie weiter nach Sylt. Sämtliche Fahrzeuge wurden auf den Autozug verladen. Vor Drehbeginn machten die drei !!! zusammen mit Maries Vater und Gloria noch eine kleine Spritztour über die Insel. Helmut Grevenbroich, bei dem Kim, Franzi und Marie mitfuhren, lenkte einen Jeep; Gloria fuhr allein in ihrem Cabriolet.

Nach einem Besuch des Hörnumer Leuchtturms an der Südspitze Sylts setzten sich die fünf in den Außenbereich eines Cafés an der Strandpromenade. Kim, Franzi und Marie bestellten sich jeweils einen Eisbecher, Helmut Grevenbroich und Gloria wählten Friesentorte.
Zuvor hatten die drei !!! Gloria bereits erzählt, dass sie inzwischen über die Strandräubervergangenheit ihrer Familie Bescheid wussten. Zuerst war Gloria darüber erschrocken, hatte dann aber ziemlich

Fun Fact

Auf Sylt gibt es die einzigen Wanderdünen Deutschlands. Die größte von ihnen legt im Jahr bis zu **15** Meter zurück.

schnell alles zugegeben. Ihr war ohnehin klar gewesen, dass die Detektivinnen die Botschaften früher oder später enträtseln und damit ihr Geheimnis aufdecken würden. Da die Schauspielerin aber so große Angst vor einem Stalker gehabt hatte, war sie dieses Risiko eingegangen.

»Jannes und du kennt euch also tatsächlich von früher«, begann Marie das Gespräch.

Gloria nickte bestätigend. »Wir sind zusammen zur Schule gegangen«, sagte sie. »In Lüttbüll, einem winzigen Ort hier an der Küste. Bei den Dreharbeiten haben wir uns wiedergetroffen.«

»Und warum steht in deinem Buch, dass du und deine ganze Familie aus Berlin kommt?«, wollte Franzi wissen.

»Erstens, weil ich dachte, dass die Leute bestimmt denken, in Berlin geboren und aufgewachsen zu sein, wäre aufregender als eine Jugend in Lüttbüll«, erklärte Gloria. »Und zweitens dachte ich, dass auf diese Weise niemand so schnell herausbekommt, dass meine Vorfahren gar keine großzügigen Wohltäter,

sondern in Wahrheit hinterhältige Strandräuber waren.« Die Schauspielerin machte ein gequältes Gesicht.

»Aber Jannes ist trotzdem drauf gekommen«, sagte Kim und nahm von der Kellnerin ihren Eisbecher entgegen.

»Nein, der wusste es sowieso«, erwiderte Gloria. »Wir waren während der Schulzeit ein paar Monate zusammen, und damals habe ich ihm davon erzählt.«

»Glaubst du, dass *er* der Erpresser ist?«, fragte Helmut Grevenbroich.

»Das kann ich mir nicht vorstellen«, sagte Gloria. »Jannes war schon immer ein anständiger Kerl, der viel grummeliger tut, als er ist. Außerdem will er mich andauernd dazu überreden, die Polizei einzuschalten. Darüber haben wir uns auch auf der Fähre nach Wangerooge gestritten. Er mag mich offenbar immer noch sehr und macht sich wegen dieses merkwürdigen Verfolgers große Sorgen um mich.« Gloria blickte die Mädchen offen an. »Und weil er mich nicht mit Worten überzeugen konnte, hat er mich schließlich an den Schultern gepackt. Darüber bin ich so wütend geworden, dass ich einfach losgeschrien habe.«

»Aber was ist mit dem Mann auf dem Friedhof?«, beharrte Marie.
»Zu dem hat er gesagt, er hätte ihn wegen des Schatzes dazu geholt.« Kim ließ ihren Eislöffel sinken. So leicht ließen sich die drei !!! von dem Verdacht gegen Jannes nicht abbringen.
»Ihr seid wirklich *plietsch*!«, meinte Gloria anerkennend. »In diesem Fall folgt ihr aber der falschen Fährte. Der Mann ist Polizist und schon lange mit Jannes befreundet. Dessen Angst um mich ist mittlerweile so groß, dass er ihn auch ohne meine Erlaubnis hinzugezogen hat.«
»Und du selbst wolltest die Polizei nicht einschalten, weil du fürchtest, dass deine gefälschte Vergangenheit herauskommt«, mutmaßte Franzi.
Gloria starrte betroffen auf ihren Teller. »Ich bereue es mittlerweile, in meiner Biografie gelogen zu haben«, sagte sie. »Dank des Zuspruchs meines erfahrenen Kollegen hier, den ich sehr bewundere ...«, die Schauspielerin legte Maries Vater dankbar eine Hand auf den Arm, »... weiß ich nämlich inzwischen, dass eine vornehme Herkunft gar nicht so wichtig ist. Und dass ich wohl tatsächlich richtig gut schauspielern kann.« Jetzt lächelte Gloria zaghaft. Dann holte sie ihr Medaillon hervor, streifte sich

die Kette über den Kopf und legte den Schmuck vor sich auf den Tisch. »Dieses Medaillon mit dem Edelstein darin, einem Rubin, stammt ursprünglich aus dem zusammengeräuberten Schatz«, berichtete sie. Gloria klappte den Deckel mit dem darauf abgebildeten Segelschiff auf, sodass nur die Mädchen und Maries Vater, nicht aber die anderen Gäste den Inhalt sehen konnten. »Ich habe dieses besondere Schmuckstück von meinen Eltern bekommen und trage es seitdem als Talisman.«

Kim, Franzi und Marie betrachteten den Rubin, der im Sonnenlicht tiefrot funkelte.

Nach einer Weile klappte Gloria das Medaillon wieder zu.

»Gibt es noch mehr Leute, die ihr *auf dem Kieker* habt«, fragte Maries Vater. »Außer Jannes?«

Da Gloria ihre Auftraggeberin war, erzählten die Detektivinnen, wen sie verdächtigten, behielten die Einzelheiten ihrer Ermittlungen aber für sich.

»Zunächst wäre da Gunnar«, begann Kim.

»Gunnar!« Gloria lachte laut auf. »Der ist ein bisschen crazy, da habt ihr recht. Aber ansonsten halte ich ihn für harmlos. Gunnar hat zwar eine große Klappe, ist aber im Grunde einfach nur stolz und froh, dass er in meiner Nähe sein darf.« Gloria

winkte ab. »Wisst ihr, dass er sich bisher noch nicht ein einziges Mal getraut hat, mich direkt anzusprechen? Dass *er* der Erpresser ist, halte ich für unwahrscheinlich.«

»Und was denkst du über Arjen?«, wollte Kim wissen.

»Welchen Arjen?«, fragte Gloria zurück.

»Er ist ein Meeresbiologe, der, genauso wie wir, an der Nordseeküste entlangreist«, erklärte Marie. »Und komischerweise immer genau dort auftaucht, wo auch unser Dreh stattfindet. Außerdem sieht er öfter mal zu.«

»Den kenne ich nicht«, meinte Gloria und zuckte mit den Schultern.

Die drei !!! warfen sich einen erstaunten Blick zu.

»Was wir ebenfalls merkwürdig finden«, sagte Franzi dann, »ist, dass Sventje dich offenbar so wenig leiden kann.«

»Du meinst, weil sie manchmal mit Absicht Kameraeinstellungen wählt, auf denen ich nicht so gut rüberkomme, wie es sein könnte?« Gloria dachte einen Augenblick lang nach. »Ich weiß auch nicht, warum sie das tut«, sagte sie dann.

»Könnte es sein, dass Sventje doch eifersüchtig ist?«, überlegte Kim.

»Das wäre ziemlich unprofessionell«, meinte Helmut Grevenbroich. »Es liegt nun einmal in der Natur der Sache, dass die Schauspieler viel mehr Aufmerksamkeit bekommen als alle anderen, die an einem Film oder einer Serie mitarbeiten.«

»Gestern Abend habe ich mich eine Weile mit Sventje an der Hotelbar unterhalten«, erzählte Gloria. »Zuerst lief das Gespräch ganz gut, aber dann wurde sie immer unfreundlicher. Schließlich hat sie mich angeblafft, ich sei wahnsinnig eingebildet. Und dass sie etwas gesehen hätte, was das mal wieder bestätigen würde.«

Marie kam eine Idee. »Könnte es sein, dass Sventje irgendetwas in deinem Wohnmobil entdeckt hat?«, fragte sie gespannt. »Als sie dort die Muschel hinterlegt hat? Oder gestern die dritte Botschaft?«

Auch Kim und Franzi waren nun plötzlich ganz aufgeregt.

Gloria dagegen senkte den Blick und fing an, mit ihrem Medaillon herumzuspielen. »Ich wüsste nicht, was«, antwortete sie.

»Nehmen wir mal an, dass Sventje tatsächlich die Erpresserin ist«, sagte Kim und begann, hibbelig auf ihrem Stuhl herumzurutschen. »Dann hat sie möglicherweise beim Schreiben der ersten Botschaft ihre geliebten Himbeeren genascht. Das könnte nämlich die rosa Flecken erklären.«

»Außerdem kommt Sventje anscheinend von der Küste«, überlegte Marie weiter. »Jedenfalls klingt ihre Aussprache so.«

»Tatsächlich muss Sventje sogar aus derselben Gegend stammen wie ich«, erklärte Gloria. »Ich selbst spreche zwar mittlerweile klares Hochdeutsch, aber früher habe ich den gleichen Dialekt gehabt wie sie.«

»Was die Wahrscheinlichkeit erhöht, dass sie schon einmal von dem Schatz gehört hat und vielleicht auch ein paar Gerüchte um deine Familie kennt«, meinte Franzi, und ihre Stimme klang vor Aufregung ganz kratzig.

»Was meint ihr, könnte Sventjes Eifersucht so stark sein, dass sie Gloria etwas Böses will?«, fragte Kim.

»Möglich wäre es«, meinte Marie.

»Bisher hatten wir Sventje noch nicht so richtig auf dem Schirm«, sagte Franzi nachdenklich. »Vielleicht sollten wir das ab sofort ändern.«

Die Dreharbeiten, bei denen Kim, Franzi und Marie mitwirken sollten, fanden am Nachmittag in List, dem nördlichsten Ort der Insel, statt. Sventje, deren

Kamera heute ausnahmsweise einmal einwandfrei funktionierte, genehmigte sich unmittelbar vor Drehbeginn noch ein paar Himbeeren. Gunnar flatterte die ganze Zeit um Gloria herum wie ein verliebter Schmetterling, und Jannes besprach etwas mit dem Regisseur. Nur Arjen war nirgends zu sehen, obwohl er auch nach Sylt mitgekommen war. Da Kim noch aufgeregter war als beim ersten Dreh, musste die Szene ein paar Mal wiederholt werden. Aber schließlich war sie zur Zufriedenheit des Regisseurs abgedreht.

»Ich bin sehr stolz auf euch«, lobte Helmut Grevenbroich die Mädchen. »Ihr habt alle drei euer Bestes gegeben!«

Zufrieden klatschten sich Kim, Franzi und Marie gegenseitig ab.

»Wenn ihr wollt, könntet ihr jetzt ins *Erlebniszentrum Naturgewalten* gehen«, fuhr Maries Vater fort. »Nachher treffen wir uns dann zum Abendessen im Hotel.«

Da Sventje noch mehrere Stunden beim Dreh zu tun haben würde, beschlossen Kim, Franzi und Marie, dem Vorschlag von Helmut Grevenbroich zu folgen und sich das Erlebniszentrum anzusehen. Dort

8. Erlebniszentrum Naturgewalten

Das Erlebniszentrum Naturgewalten Sylt bietet interessante Infos über die Tiere und Pflanzen des Wattenmeers. Außerdem erfährt man an verschiedenen Stationen etwas über Ebbe und Flut, Küstenschutz und erneuerbare Energien. Ein besonderes Highlight ist das 360-Grad-Kino Syltdome.

schlenderten sie durch die Ausstellungsräume und probierten verschiedene Mitmach-Stationen aus. Während Franzi sich besonders für die Tier- und Pflanzenwelt interessierte, war Kim von allem fasziniert, was es über Offshore-Windparks zu erfahren gab.

Marie dagegen wollte unbedingt in den ›Syltdome‹, das 360-Grad-Kino des Erlebniszentrums. »Das sollten wir unbedingt ausprobieren«, sagte sie.

Franzi wies auf eine Infotafel. »Hier steht, dass dort außergewöhnliche Naturaufnahmen gezeigt werden«, sagte sie. »Das würde mich auch interessieren.«

»Die nächste Vorstellung fängt gleich an!« Marie hakte ihre Freundinnen unter und zog los.

Wenig später saßen die drei !!! in dem Kinosaal, der keine normale Leinwand besaß. Stattdessen wölbte sich über den Köpfen der Zuschauer eine runde Kuppel.

Fun Fact

Offshore-Windparks bestehen aus einer großen Ansammlung von Windrädern, die zur Stromerzeugung auf dem Meeresboden installiert werden. Onshore-Windparks hingegen stehen auf dem Festland.

»Das ist ja hier wie im Planetarium!«, raunte Kim. Dann begann die Vorführung.

Während Marie den spektakulären Bildern folgte, sah sie aus dem Augenwinkel jemanden das Kino betreten, der ihr vage bekannt vorkam. Sie blickte genauer hin und erkannte im dämmrigen Licht Arjen, wie er sich auf einen freien Platz am Ende ihrer Reihe setzte. Aufgeregt stupste sie Kim und Franzi an. »Da ist Arjen!«, wisperte sie. »*Uns* hat er nicht gesehen.«

Nach einer Weile beobachteten die Detektivinnen, wie Arjen anfing, hektisch in sein Handy zu tippen. Dann starrte er eine Zeit lang auf sein Display, bevor er erneut etwas tippte. Zwischendurch fuhr er sich immer wieder nervös mit der Hand durch die Haare.
»Arjen chattet mit irgendjemandem!«, flüsterte Franzi. »Und er scheint ziemlich aufgewühlt zu sein.«
»Merkwürdig«, meinte Kim. »Für ihn als Meeresbiologen ist die Vorführung doch bestimmt besonders interessant. Das müssen ja total wichtige Nachrichten sein.«
Nachdem Arjen dann doch noch eine Weile ruhig der Vorführung zugesehen hatte, kam eine junge Frau herein, berührte ihn an der Schulter und flüsterte kurz mit ihm. Daraufhin stand Arjen auf und verließ mit ihr gemeinsam das Kino.
»Los, hinterher!«, raunte Franzi.
Die drei !!! schoben sich eilig durch die Sitzreihe und hasteten aus dem Kino.
»Wo sind sie hin?«, fragte Marie leise und sah sich um.
»Da vorne!« Kim zeigte auf einen Durchgang zum nächsten Ausstellungsraum, in dem Arjen und seine Begleitung gerade verschwanden.

Als Kim, Franzi und Marie den Durchgang erreicht hatten, sahen sie, wie die Frau eine Tür öffnete, auf der ›Kein Zutritt‹ stand. Arjen folgte ihr, und dann waren die beiden verschwunden.
»Wollen wir auch da reingehen?«, fragte Kim. »Obwohl es eigentlich verboten ist?«
Einen Moment lang standen die drei Detektivinnen unentschlossen vor der Tür.
Dann legte Marie ihre Hand an die Klinke. »Lasst es uns riskieren«, sagte sie.

Kapitel 12

»Ganz ungefährlich ist die Sache aber nicht.«

KIM

Überführt!

Gerade als Marie die Tür öffnen wollte, ertönte hinter ihnen eine Stimme. »Könnt ihr nicht lesen?«
Erschrocken fuhren die Mädchen herum. Eine Mitarbeiterin des Erlebniszentrums, die offenbar zum Aufsichtspersonal gehörte, stand ein paar Meter entfernt und funkelte sie ärgerlich an. »Dort ist der Zutritt verboten!«
»Wir ... äh ... suchen nur das Klo«, flunkerte Kim.
»Die Toiletten sind unten«, erklärte die Aufsichtsfrau und wies Richtung Treppe.
»Was für ein Mist!«, schimpfte Marie, als die drei !!! im Erdgeschoss ankamen. »Wie kriegen wir jetzt raus, wer die Frau war, mit der Arjen gesprochen hat?«
»Vielleicht arbeitet sie hier«, überlegte Kim. »Und wenn wir Glück haben, führt das Erlebniszentrum seine Mitarbeitenden auf der Website auf.«
Franzi und Marie warteten, während Kim die Internetseiten checkte.

»Hier sind tatsächlich alle aufgelistet«, sagte Kim. »Sogar mit Foto. Aber die Frau ist nicht dabei.« Enttäuscht steckte sie ihr Smartphone wieder ein.
»Was machen wir jetzt?«, fragte Franzi.
»Was Arjen angeht, kommen wir momentan nicht weiter«, antwortete Marie. Dann warf sie einen Blick auf ihre Armbanduhr. »Ich schlage vor, wir gehen jetzt erst einmal mit meinem Vater essen«, sagte sie. »Und danach überlegen wir, wie wir morgen dieser Sventje mal auf den Zahn fühlen können!«

Am nächsten Tag war das gesamte Team bereits ganz früh am Morgen unterwegs zurück zum Festland, nach Sankt Peter-Ording. Vom Bus aus blickten Kim, Franzi und Marie auf grüne Wiesen und ganz viel *plattes Land*. Die einzigen Erhebungen waren lange Deiche, auf denen gelegentlich weidende Schafherden zu sehen waren.
»Was sagt ihr denn eigentlich dazu, dass Gloria behauptet, sie würde Arjen nicht kennen?«, fragte Kim, die zusammen mit Franzi und Marie auf der Rückbank des Busses saß. »Wir waren uns ja schon darüber einig, dass Gloria nicht selbst die Täterin ist, aber das macht sie doch jetzt wieder verdächtig, oder?«

Marie überlegte einen Augenblick. »Nicht unbedingt«, erwiderte sie dann. »Arjen hat sich Glorias Biografie mit ›Für Schnuffelchen‹ signieren lassen. Wenn wir davon ausgehen, dass Gloria ihn *tatsächlich* nicht näher kennt, sondern diese Anrede bloß auf seinen Wunsch hin ins Buch geschrieben hat, weiß sie seinen Namen wahrscheinlich wirklich nicht.«

»Mir ist da eben noch eine Idee gekommen!« Franzi drehte sich auf der Bank ein Stückchen weiter zu ihren Freundinnen herum. »Was ist, wenn Arjen die Biografie gar nicht für sich selbst gekauft hat?«, fragte sie.

»Du meinst, dass ›Schnuffelchen‹ eventuell jemand ganz anderes ist?« Marie wickelte nachdenklich eine Haarsträhne um ihren Zeigefinger.

»Dann hat Arjen vielleicht doch nicht gelogen, als er behauptet hat, von der Schauspielerin Gloria von Glitterbach noch nie etwas gehört zu haben und sich sowieso nicht für Serien und Filme zu interessieren«, überlegte Kim.

»Aber auf das Selfie mit meinem Vater war er ganz scharf!«, warf Marie ein. »Und seine heimlichen Handyaufnahmen am Set sprechen auch nicht gerade dafür, dass er die Wahrheit gesagt hat.«

»Außerdem strudelt er die ganze Zeit über hinter uns her wie ein einsamer Hering seinem Schwarm!« Franzi schüttelte ratlos den Kopf.

»Ich finde trotzdem, dass wir uns heute erst einmal auf Sventje konzentrieren sollten«, meinte Kim. »Die ist inzwischen mindestens genauso verdächtig wie Arjen!«

▷ In Sankt Peter-Ording durften die Fahrzeuge des Filmteams direkt auf dem mehrere hundert Meter breiten Strand bis zu den berühmten *Pfahlbauten*

9. Pfahlbauten

Für die 13 Pfahlbauten am Strand von Sankt Peter-Ording wurden insgesamt 4.000 Pfähle in den Sand eingespült. Die hölzernen Gebäude darauf befinden sich in bis zu 7 Metern Höhe und können so auch Sturmfluten standhalten.

fahren. Nachdem sie aus dem Bus gestiegen waren, zogen Kim, Franzi und Marie sofort ihre Schuhe aus und liefen barfuß über den Sand. Jetzt bei Ebbe fühlte er sich angenehm feucht und fest an. Während Marie es genoss, ihre Zehen in den Sand zu graben, fing Kim gleich damit an, Muscheln zu sammeln. Franzi dagegen sah sehnsuchtsvoll Richtung Wasserkante. Sie hatte vor, sich so schnell wie möglich in die Fluten zu stürzen.

Gunnar trat auf die Mädchen zu. »Sventje hat eben vom Regisseur den Auftrag bekommen, einige Naturaufnahmen im Schlickwatt zu drehen«, berichtete er. »Da es hier, wo wir sind, nur Sandwatt gibt, soll sie die Aufnahmen ein paar Kilometer weiter nördlich machen. Ich dachte, ich erzähl's euch, weil ihr vielleicht Lust habt, mitzugehen.«

»Auf eine Wattwanderung hätte ich sogar große Lust«, antwortete Marie.

»Wir auch«, sagten Kim und Franzi unisono.

»Vor allem können wir dann ganz in Ruhe Sventje verhören«, meinte Marie, als sich Gunnar wieder entfernt hatte.

»Ganz ungefährlich ist die Sache aber nicht – wir drei allein mit Sventje im Watt«, gab Kim zu bedenken.

»Es wird doch sicherlich ein Wattführer dabei sein«, sagte Franzi.
»Okay, dann lasst es uns machen«, meinte Kim.

Ein paar Minuten später stiegen die drei !!! zu Sventje in den Jeep. Es war tatsächlich ein Wattführer gebucht worden, der sie am vereinbarten Treffpunkt, einer kleinen Parkfläche hinter dem Deich, erwarten würde.
Nach halbstündiger Fahrt dort angekommen, holte Sventje eine einigermaßen handliche Kamera aus dem Kofferraum und hängte sie sich um.
Der Wattführer Dennis begrüßte sie freundlich. »Hier ist das Watt sehr weitläufig«, erklärte er. »Wir haben also die Möglichkeit, ein längeres Stück hineinzugehen. Dort können Sie wunderbare Aufnahmen machen«, sagte er zu Sventje. »Und ihr drei«, Dennis lächelte Kim, Franzi und Marie an, »bekommt eine prima Wattwanderung!«
»Na, dann los!«, sagte Sventje.
Entschlossen stapften die drei !!! hinter Dennis und ihr her ins Watt.
Nachdem sie eine Weile gegangen waren, blieben sie stehen, weil Sventje eine mit einem Rest Nordseewasser gefüllte größere Mulde filmen wollte. In dem

seichten Nass flitzten einige Strandgarnelen hin und her, und Franzi entdeckte sogar einen Schwarm winzig kleiner Fische. Ansonsten machte Sventje reichlich Aufnahmen von der weiten Wattlandschaft.

Fun Fact

Das Wattenmeer ist eines der artenreichsten Gebiete der Welt. In einem Kubikmeter Wattboden leben neben Wattwürmern, Muscheln und Schnecken mehr als 5 Millionen Kleinstlebewesen.

»Wollen wir Sventje jetzt schon auf unseren Verdacht, sie könnte die Erpresserin sein, ansprechen?«, fragte Kim leise.
»Nein, lasst uns lieber warten, bis wir nachher mit ihr allein am Auto sind«, meinte Marie.

Als sich Dennis zwei Stunden und etliche interessante Erklärungen später verabschiedet hatte, standen die drei !!! zusammen mit Sventje am Jeep. Die Mädchen sahen dabei zu, wie sie die Heckklappe öffnete und ihre Kamera verstaute. Als Sventje deren Objektivdeckel aus ihrer hinteren Hosentasche zog, rutschte ein Blatt Papier mit heraus. Kim,

Franzi und Marie rissen gleichzeitig die Augen auf. Der Zettel sah genauso aus wie die drei Nachrichten, die Gloria vom Erpresser erhalten hatte. Marie hob das sorgfältig mit Druckbuchstaben beschriebene Blatt Papier auf. Sventje, die nichts gemerkt hatte, räumte weiterhin im Jeep herum.
Rasch drängten sich die Detektivinnen zusammen und lasen, was auf dem Zettel stand:

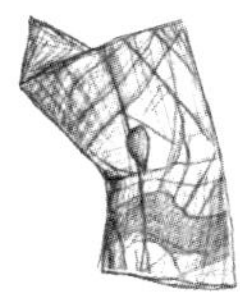

Meinen Anteil am Schatz erhalte ich
sobald sich die Nacht ihrem Ende neigt.
Das Medaillon, den Rubin und den Ring
leg an den Platz, den die Karte dir zeigt!

Als sich die drei !!! die Karte anschauten, die auf die Rückseite des Papiers gezeichnet war, drehte sich Sventje um. Als sie sah, was Marie in der Hand hielt, wurde die Kamerafrau kalkweiß im Gesicht. »Gib das her!«, rief sie und wollte Marie den Zettel wegreißen.
Die aber reagierte schnell und zog ihren Arm weg. »Das brauchen wir als Beweisstück«, sagte sie. »Damit bist du überführt!«
»Überführt?«, wiederholte Sventje. »Was soll ich denn getan haben?«

»Du hast heimlich Sachen und Botschaften in Glorias Hotelzimmer und Wohnmobil gelegt, um ihr Angst zu machen«, sagte Kim mit ernster Miene.

»Weil du eifersüchtig auf sie bist«, ergänzte Franzi. »Und weil du etwas von dem Schatz abhaben möchtest. Das beweist diese Erpresser-Nachricht hier!« Sie zeigte auf das Papier in Maries Hand.

»Pah!«, erwiderte Sventje. »Der Zettel beweist gar nichts!«

»Und wie willst du erklären, dass du ihn in der Hosentasche hattest?«, fragte Marie angriffslustig.

Sventje verschränkte ihre Arme und schwieg. Als auch die drei !!! nichts sagten, sondern sie nur weiterhin herausfordernd anfunkelten, knurrte sie schließlich: »Ich behaupte einfach, dass ich ihn zwischen dem Kameraequipment gefunden habe. Weil ihn der wahre Täter dort platziert hat, um ihn mir unterzujubeln!«

»Klar, das könntest du behaupten.« Franzi stemmte ihre Fäuste in die Hüften. »Die Frage ist, ob dir jemand glauben würde. Es gibt nämlich noch mehr Dinge, die gegen dich sprechen.«

»Was denn zum Beispiel?«, fragte Sventje und drückte trotzig ihre Schultern durch.

»Zum Beispiel, dass du gerne Himbeeren isst«, sagte Kim.
»Dass ich *gerne Himbeeren esse*?« Ein hartes Lachen brach aus Sventje hervor. »Ich wusste gar nicht, dass das neuerdings verboten ist!«
»Verboten ist es nicht«, erklärte Marie. »Aber es erklärt die rosa Flecken auf den Gegenständen bei Gloria. Das sind Himbeerspritzer!«
Sventjes Mund klappte auf und zu wie bei einem Fisch, der plötzlich aufs Trockene geraten war. »Das reicht trotzdem nicht«, presste sie schließlich hervor. »Dann könnte auch Gunnar der Täter sein. Der isst doch so gerne Labskaus mit Roter Bete, und *die* macht auch rote Flecken.«
»Das stimmt«, bestätigte Franzi. »Aber Gunnar betet Gloria ganz offensichtlich an, während du sie anscheinend nicht leiden kannst.«
»Diese Tussi ist ja auch wirklich total eingebildet!«, wetterte Sventje los. »Die ist dermaßen von sich eingenommen, dass sie sogar eine ganze Schachtel mit Fotos von sich selbst in ihrer Wohnmobilgarderobe hat! Alle bei Filmpremieren aufgenommen.«
Als Sventje bewusst wurde, was sie da gerade gesagt hatte, verstummte sie schlagartig.
Die drei !!! dagegen sahen sich triumphierend an.

Soeben hatte Sventje ihnen den Beweis dafür geliefert, dass sie tatsächlich in Glorias Wohnmobil gewesen war.

Kapitel 13

»Du hast dich echt ziemlich verdächtig verhalten.«

FRANZI

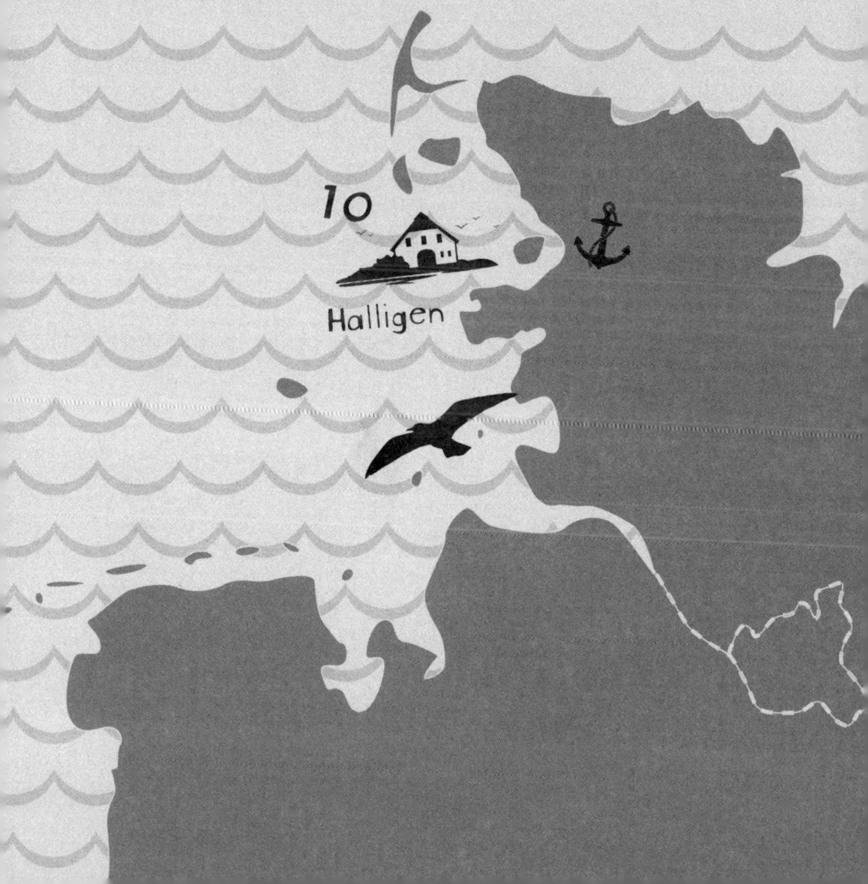

Abschied am Strand

Am letzten Tag der Nordseereise machten Kim, Franzi und Marie mit dem gesamten Filmteam einen Ausflug auf eine der *Halligen*.

Gemeinsam mit Gloria, Maries Vater und den anderen durchstreiften sie die grünen Wiesen, die die Warften umgaben. Auch Arjen begleitete das Team wieder. Nur Sventje war nicht dabei. Die Kamerafrau und Erpresserin war tags zuvor von Jannes' Freund und einem weiteren Polizisten festgenommen worden.
»Stimmt es, dass Sventje noch versucht hat zu fliehen?«, fragte Arjen.
Die drei !!! nickten.
»Nachdem wir sie überführt hatten, hat sie noch eine Weile versucht, sich rauszureden«, sagte Kim. »Als sie gemerkt hat, dass es nichts bringt, wollte sie dann mit dem Jeep abhauen.«

»Aber der ist nicht angesprungen«, erzählte Franzi lachend. »Weil sich Marie, während Sventje noch am Quatschen war, den Funkschlüssel geholt hatte, der schon vorne im Wagen lag.«
»Den habe ich dann in einen Wassergraben geworfen!« Marie grinste. »Sventje ist dort zwar noch hineingewatet, um ihn zu suchen, hatte aber kaum eine Chance, ihn zu finden.«
»Blöd war nur, dass unsere Handys zuerst wieder kein Netz hatten«, meinte Kim.

10. Halligen

Halligen sind kleine Inseln, die bei Sturmflut regelmäßig überspült werden. Die Häuser darauf stehen auf künstlich aufgeschütteten Hügeln, den Warften. Einige Halligen sind geschützte Brutgebiete für Vögel. Vier der zehn Halligen kann man nicht nur bei Ebbe zu Fuß, sondern auch bei Flut per Fähre erreichen.

»Und wie habt ihr dann Hilfe geholt?«, wollte Arjen wissen.

»Ich bin auf den Deich gelaufen, und von dort aus hat es funktioniert«, antwortete Franzi.

»Während Franzi am Telefon war, hat Sventje versucht, zu Fuß zu flüchten«, erzählte Marie. »Aber weil rundherum nur *plattes Land* und sie entsprechend gut zu sehen war, ist sie nicht weit gekommen.«

»Allmählich scheinst du dich ja an die norddeutsche Sprache zu gewöhnen«, schaltete sich Maries Vater mit einem Augenzwinkern ein.

»Ich hoffe trotzdem, dass *du* sie dir schnell wieder abgewöhnst«, erwiderte Marie lachend.

»Na, was *kabbelt* ihr beide euch denn?«, fragte Jannes, der hinzugetreten war.

Der zurückhaltende Friese war etwas aufgetaut und erschien den drei !!! mittlerweile ganz nett. Sie hatten den Eindruck, dass er noch immer ein bisschen in Gloria verliebt war. Die Angst, die er während der Drehtage um sie ausgestanden hatte, hatte ihn deutlich grummeliger wirken lassen, als er in Wirklichkeit war.

»Dieser Sventje habt ihr ja ganz schön den Wind aus den Segeln genommen!«, sagte er. »Ich muss zugeben, dass ich euch drei Detektivinnen *bannig* unterschätzt habe.«

»Und ich bin froh, dass ich euch engagiert habe!« Gloria strahlte die drei !!! an. »Nun kann ich endlich wieder ruhig schlafen!«

»Apropos ›schlafen‹«, meinte Kim. »Sventje hatte die vierte Botschaft schon vorbereitet. In ihr stand, dass Gloria das Medaillon, den Rubin und den Smaragdring gegen Ende der Nacht auf einen der Pfahlbauten legen sollte. Sventje hatte in der Karte eingezeichnet, auf welchen.«

»Sie wollte Gloria den Zettel eigentlich noch gestern Nachmittag ins Wohnmobil schmuggeln«, ergänzte Franzi. »Am frühen Morgen hätte sie sich dann den Schmuck vom Pfahlbau geholt und wäre damit auf Nimmerwiedersehen verschwunden.«

»Dank euch hat sie mit diesem Plan aber gehörig Schiffbruch erlitten!«, sagte Helmut Grevenbroich und lachte.

»Wie ist Sventje denn überhaupt in Glorias Wohnmobil und in das Hotelzimmer in Greetsiel gekommen?«, wollte Arjen wissen.

»Die Tür zum Hotelzimmer hatte sie mit einer Schlüsselkarte geöffnet, die sie unbemerkt der Reinigungskraft entwendet hatte«, erzählte Jannes.

Diese Information hatte er aus seinem Polizistenfreund herausgekitzelt. »Was das Wohnmobil angeht, hatte sie schon *vor* Beginn der Dreharbeiten heimlich einen Abdruck des Schlüssels gemacht. Und zwar gleich nachdem sie gehört hatte, dass Gloria von Glitterbach die weibliche Hauptrolle des Krimi-Mehrteilers spielen würde.«

»Sventje kennt Gloria nämlich von früher«, warf Marie ein. »Sie ist im Nachbardorf aufgewachsen. In der Schule war sie eine Klassenstufe unter Jannes und ihr, weshalb sich beide nicht an sie erinnern.«

»Gloria hat schon während der Schulzeit immer viel Aufmerksamkeit auf sich gezogen«, fuhr Jannes mit seiner Erzählung fort. »Damit hatte Sventje offenbar schon damals ein Problem und hat es heute auch noch.«

Gloria seufzte. »Anscheinend hat Sventje gedacht, wenn sie schon nicht so viel Beachtung bekommen kann wie ich«, sagte sie, »dann will sie wenigstens etwas vom Schatz abhaben.«

»Sind von dem denn eigentlich noch mehr Sachen übrig?«, wollte Kim wissen.

»Nein«, antwortete Gloria. »Das Medaillon mit dem Rubin darin und der Smaragdring sind die letzten existierenden Teile. Alles andere hat meine

Familie über die Zeit hinweg Stück für Stück verkauft.«

»Woher wusste Sventje denn überhaupt von dem Schatz?«, fragte nun Franzi.

»Von Jannes habe ich erfahren, dass in und um Lüttbüll noch einige Leute wissen, dass meine Vorfahren Strandpiraten waren«, sagte Gloria achselzuckend. »Und auch die Gerüchte über den Schatz kennen.«

»Die ja, wie sich nun herausgestellt hat, der Wahrheit entsprachen.« Kim war es wichtig, die Fakten zu benennen.

Die Schauspielerin nickte. »Mit der dritten Botschaft wurde klar, dass es um Erpressung geht. In ihr hat Sventje damit gedroht, der Öffentlichkeit von der Strandräubervergangenheit meiner Familie zu erzählen«, sagte sie. »Dann hätte ich als Lügnerin dagestanden, und meine Karriere wäre dadurch möglicherweise beendet gewesen.« Glorias Miene wurde nachdenklich. »Es war aber auch wirklich blöd von mir, in der Biografie über die Vergangenheit meiner Familie zu lügen. So etwas würde ich heute nicht wieder tun.« Die Schauspielerin schüttelte den Kopf, als könne sie selbst nicht mehr nachvollziehen, was sie sich ursprünglich dabei gedacht hatte.

Helmut Grevenbroich lächelte mitfühlend. »Gloria hat mir erzählt, dass sie darüber nachdenkt, ihren Smaragdring versteigern zu lassen und den Erlös für den Erhalt des *Weltnaturerbes Wattenmeer* zu spenden«, sagte er.

»Das Medaillon mit dem Rubin würde ich gerne behalten«, erklärte Gloria. »Es ist mein Talisman und außerdem eine Erinnerung an meine Eltern.«

Marie, die von ihrer verstorbenen Mutter ebenfalls ein Schmuckstück – einen Ring – geerbt hatte, verstand, wie sehr man daran hängen konnte.

»Vielleicht kommt das Geld aus der Spende ja sogar Arjens Projekt zugute!« Franzi klatschte begeistert in die Hände.

Wie die drei !!! inzwischen wussten, hatte der junge Meeresbiologe vor einiger Zeit eine bisher unbekannte Art von Kleinkrebstierchen entdeckt. Durch seine aktuellen Untersuchungen an verschiedenen Stellen des Wattenmeers hatte er nun genügend Beweise für deren tatsächliche Existenz gefunden.

Arjen lächelte breit. »Eigentlich sollte ich euch ja noch böse sein, dass ihr mich verdächtigt habt«, sagte er.

»Wir konnten doch nicht ahnen, dass die Frau, mit der du dich im 360-Grad-Kino getroffen hast, eine

Mitarbeiterin des benachbarten Albert-Wagner-Instituts ist«, verteidigte sich Kim.

»Sie ist eine Bekannte aus meinem Studium«, sagte Arjen. »Und mittlerweile die Assistentin der Institutsleiterin. Sie hatte mir per Handy geschrieben, dass sie versuchen würde, kurzfristig einen Termin bei ihrer Chefin für mich zu bekommen. Was ja auch tatsächlich geklappt hat.« Jetzt wurde Arjens Lächeln so breit, dass es fast nicht mehr auf sein Gesicht passte. »Das Institut hat mir einen supertollen Job angeboten. Sobald ich mit meiner Doktorarbeit fertig bin, fange ich an, dort zu forschen!«

Marie freute sich für Arjen. »Dass wir in deinem Handy herumgeschnüffelt haben, tut uns echt leid«, sagte sie zerknirscht.

»Du hast dich aber auch echt ziemlich verdächtig verhalten«, rechtfertigte Franzi die Aktion der drei !!!.

»Was damit losging, dass du die Heckklappe deines Campingbusses so schnell vor unserer Nase zugemacht hast«, sagte Kim. »Da haben wir gedacht, du wolltest irgendwas vor uns verbergen.«

Arjen hob überrascht eine Augenbraue. »Das habe ich tatsächlich nur getan, weil ich es wegen der Gepäckaufgabe für die Fähre eilig hatte«, meinte er. »Und nicht aus Angst, dass ihr wegen meiner getrockneten Meerestiersammlung vielleicht irgendwelche Schlüsse zieht. Oder noch schlimmer: meinen Erdbeertee findet!« Arjen lachte fröhlich.

»Dass du von Gloria eine Biografie hattest«, meldete sich Marie zu Wort, »war aber mehr als merkwürdig. Und die Videos, die du beim Dreh mit deinem Handy aufgenommen hast, haben dich in unseren Augen auch nicht gerade unschuldiger gemacht!«

»Ja, das gebe ich zu.« Nun war es an Arjen, zerknirscht zu sein. »Das Buch habe ich als Geschenk für meine kleine Schwester gekauft und dann signieren lassen«, erzählte er. »Schnuffelchen ist mein Kosename für sie.«

»Also hatten wir recht damit, dass die Biografie gar nicht für dich, sondern für jemand anderen bestimmt war!«, sagte Kim und stieß Franzi und Marie an.

»Meine Schwester geht auf eine Schauspielschule«, berichtete Arjen weiter. »Natürlich habe ich ihr gleich erzählt, dass ich eurem Filmteam begegnet bin. Und dass ihr, genauso wie ich, die gesamte deutsche Nordseeküste entlangreist. Da hat sie mich gebeten, sie möglichst oft anzurufen, um ihr davon zu berichten. Außerdem hat sie mich angebettelt, heimlich ein paar Handyaufnahmen vom Dreh zu machen. Wie ich inzwischen weiß, bewundert sie Glorias Talent nämlich sehr.«

»Dann kanntest du Gloria und meinen Vater vorher also tatsächlich nicht?« Marie blickte den Meeresbiologen fragend an.

Arjen schüttelte bestätigend den Kopf. »Ich schwöre!«, sagte er. Dann lächelte er zu Helmut Grevenbroich und Gloria von Glitterbach hinüber. »Aber demnächst werde ich mal ein paar von Ihren Sachen streamen«, sagte er. »Und *Alarm im Watt – Die Nordseepolizei*, mit euch allen hier, gucke ich natürlich sowieso!«

Am Abend fand auf einem der Pfahlbauten von Sankt Peter-Ording eine Abschiedsfeier mit sämtlichen Beteiligten des Drehs statt. Arjen durfte auch dabei sein. Kim, Franzi und Marie lehnten entspannt an der Brüstung und genossen den Sonnenuntergang.

Aus dem Augenwinkel sah Marie Gunnar um Gloria herumscharwenzeln. »Seht mal, was Gunnar anhat!«, raunte sie ihren Freundinnen zu.

Der Regieassistent hatte sich nämlich passend zu seiner *I-love-Gloria*-Kappe ein T-Shirt gekauft, auf

das er *Gloria forever* und ganz viele kleine Herzchen hatte drucken lassen.
Gloria bemerkte es auch und lächelte Gunnar freundlich zu. Dann winkte sie ihn zu sich heran. »Ich freue mich, dass ich in dir einen so tollen und echten Fan habe«, sagte sie und drückte ihm ein spontanes Küsschen auf die Wange.
Vor lauter Glück über dieses unerwartete Geschenk lief Gunnar bis unter die Haarspitzen kirschgrützenrot an. Dann lächelte er scheu zurück und traute sich sogar, Gloria um ein gemeinsames Selfie zu bitten.
Was Marie auf die Idee brachte, von Kim, Franzi und sich ebenfalls ein Selfie zu machen. »Als Erinnerung an dieses aufregende Abenteuer«, sagte sie. »Und an die wundervolle Nordsee!«